잠깐만요!
티데만씨

옮긴이 송재홍

중앙대학교 독어독문학과 및 동 대학원을 졸업(문학박사)하고, 독일 마부르크 대학에서 현대 독문학을 수학했다. 논문으로는 『Bertolt Brecht의 작품에 나타난 인물유형의 계급성과 상징성』, 『Brecht에 있어서의 〈Gestus〉개념 -「Leben des Galilei」의 제1장을 중심으로』, 『브레히트 희곡에 나타난 이분법적 인물설정-계급적 당파성을 중심으로』, 『루쿨루스 심문(역)』등이 있으며, 저서로는 『브레히트의 연극 세계』(공저, 열음사), 역서로는 『브레히트 희곡선』(공역, 연극과 인간)이 있다. 현재 중앙대학교 강사로 재직하고 있다.

잠깐만요! 티데만씨

TIDEMANN SUCHT DEN AUGENBLICK
by
AXEL SCHLOTE

처음 찍은날 2002년 12월 17일 | 처음 펴낸날 2002년 12월 20일 | 지은이 악셀 숄로테 | 옮긴이 송재홍
펴낸곳 도서출판 이론과실천 | 펴낸이 김태경 | 등록 서울시 제 10-1291호 | 주소 서울시 121-110 서울시 마포구 신수동 448-6 한국출판협동조합 내 | 전화 02 714-9800 | 팩시밀리 02 702-6655

값 8,000원　　ISBN 89-313-9208-7 03850

*잘못된 책은 바꾸어 드립니다.

# 잠깐만요!
# 티데만씨

순간은 신비로 가득 찬 시간

악셀 슐로테 지음 | 벵트 포스하크 그림 | 송재홍 옮김

이론과 실천

잉그리드와 티데만과 함께 순간 찾기에 동행했던

모든 사람들에게 이 책을 바칩니다.

# 차례

## 기억 속에서 온 티데만

그러니까 내가 아직 어린아이였을 때였다. 매일 오후면 난 할아버지와 함께 보내기 위해 할아버지 댁에 놀러 가곤 했다. 그곳에는 낡았지만 조각 장식이 독특하고 큰 숫자판이 박혀 있는 멋진 괘종시계가 있었다. 시계가 얼마나 컸던지 내가 아무리 까치발을 하고 팔을 쭉 뻗어도 그 윗부분까지 닿지 않을 정도였다.

그러던 어느 날, 할아버지께서 아주 슬픈 표정으로 나를 맞으셨다. 낡은 괘종시계가 거실 바닥의 양탄자 위에 쓰러져 있었고, 그 주위로는 뾰족하고 작은 금속 톱니바퀴와 나사들, 그리고 스프링들과 작은 부속품들이 여기저기 흩어져 있었다. 상황인 즉, 할아버지께서는 자신의 발에 걸려 넘어지시면서 괘종시계를 붙잡았는데, 그때 그만 시계가 떨어지게 되었단다. 자칫 목숨도 위태로울 뻔했다고 하셨다. 그 후로 할아버지께서는 부쩍 말수가 줄어드셨고, 멍하니 계시거나 어두운 표정을 짓는 시간이 길어지셨다.

그 일이 있고 나서 한번은 할아버지께서 내게 문을 열어 주시더니 방 안으로 들어와도 좋다고 허락하셨다. 그러시고는 곧바로 시계 부품들이 놓인 옆에 쪼그리고 앉으시는 게 아닌가. 시계를 수리하시기 위해서였음은 두말할 필요도 없다. 그 뒤로 며칠 동안 할아버지께서는 말씀도 안 하시고 그저 방바닥에 우두커니 앉아 계시기만 하셨다.

할아버지의 모든 손동작이며 원기란 원기는 온통 망가진 시계 톱니 장치 속으로 다 빠져 들어가 버린 듯했다. 그렇게 며칠이 더 지난 후 할아버지께서는 더 이상 내게 문을 열어 주지 않으셨다.

그 이후로 난 왼쪽 손목을 쳐다볼 때면 왠지 기분이 꺼림

칙해졌다. 만약 손목에 찬 시계가 멈춰 서거나 망가지면 나도 어떻게 되어 버리는 거 아닐까, 그런 생각만 들었다. 시간이 몇 시든 상관없이 난 그저 살고 싶은 마음뿐이었다. 더 이상 나이를 먹지 않았으면 좋겠다는 생각도 했다. 그렇게 되면 눈 뜰 때까지 잠을 푹 잘 수도 있고, 싫증 날 때까지 마음껏 놀 수도 있고, 나비들이 날아갈 때까지 쭉 관찰할 수도 있고, 또 배고플 때면 언제든지 먹을 수도 있을 테니까.

그때 내 나이 아홉 살이었다.

나는 지금 어른이 되어 남들이 겪은 일들을 글로 쓰는 작업을 하고 있다. 스무 살이 넘어서면서부터 밥벌이 삼아 이 일을 해 왔는데, 지금도 열심이다. 글 쓰는 데 내가 반드시 지키는 원칙이 하나 있다. 원고는 늘 정해진 기한에 반드시 완성시킨다는 것이다. 일 초의 지체도 없이 말이다. 대개 2주일이면 원고가 완성되고, 이를 넘기는 데 한 번도 늑장을 부려 본 적이 없었다.

그런데 몇 년이 지난 후부터 나에게는 더 이상 새로운 이야깃거리들이 생겨나지 않는 것이었다. 사람들이 바뀌고 장소가 바뀌어도 이야깃거리는 항상 비슷했다. 그렇지만 나는 계속해서 글을 써 나갔다. 그래서 돈을 많이 벌고 유명해졌다. 나는 종종 초대를 받곤 했는데, 그때마다 접대하는 사람이나 접대 장소가 모두 달랐다. 하지만 파티는 언제나 하나같이 똑같았다. 거기서 나누는 대화 역시 그렇고 그런 내용들뿐이었고.

그러던 언젠가부터 뭔가 상황이 바뀌기 시작했다. 많은 사람들이 점점 시간이 없다고 불평을 해 댔고, 또 어떤 사람들은 따분함에 지쳐 버렸다고도 했다. 나 역시도 시간이 모자라고 따분하기까지 했다. 그래서 나는《왜 사람들은 따분해지기 위해서 그토록 서두르는가?》라는 제목의 글을 쓰기로 결심했다.

이 글을 쓰기 위해 나는 여행을 하면서 사람들에게 많은 것을 질문했다. 그리고 뜯어서 사용할 수 있는 메모 노트 8권 분량만큼이나 그 결실을 얻게 되었는데 내가 이미 알고 있는 내용 이상의 것은 별로 없었다. 글을 쓸 때마다 제발 지금까지 내가 무심코 지나쳐 버렸던 것들이 좀 떠올라 주길 간절히 빌고 또 빌었건만. 결국 나는 드넓은 바닷가로 여행을 떠나기로 결심했다.

나는 항구 근처에 있는 오래된 바닷가 마을에 방을 잡아 놓고, 적어 놓은 메모들을 하루도 빠짐없이 읽으면서 원고를 타이핑하고, 창밖으로 보이는 끝없이 푸른 바다 경관을 즐겼다. 그 사이에 원고는 한 페이지 한 페이지 쌓여 갔다. 땅거미가 지기 시작하면서, 어둠이 창 너머의 대지를 천천히 물들여 갔다. 이에 따라 내 타이핑 속도는 점점 느려졌고, 피곤에 지쳐 그저 캄캄한 창밖만 하릴없이 바라보았다.

하지만 나는 이대로 나약하게 밤 기운에 휩쓸리고 싶진 않았다. 시원한 바닷바람이 기분을 상쾌하게 해 주었다. 바닷물이 뭍으로 밀려오는 항구의 앞쪽에서, 나는 다 낡은 계단을 지나 제방 위로 올라갔다.

광활한 바다에 비친 달빛이 내게 눈짓하는 것 같았다. 숨을 한 번 깊이 들이쉬고 무릎 키만큼 올라오는 수풀을 헤치고, 나는 제방 꼭대기 쪽으로 계속 올라갔다. 한 걸음 한 걸음 마을로부터 그렇게 멀어지고 있었다. 멀리 가면 갈수록 불빛은 희미해져 갔다. 내 머리 위에 펼쳐져 있는 칠흑 같은 밤하늘의 별들이 유난히 밝아 보였다. 작은 파도들이 철썩철썩 제방을 때리는 소리와 몇몇 바닷새의 울음소리만 들려올 뿐, 그 어떤 소리도 들리지 않았다.

맑은 공기를 쐬었는데도 여전히 피곤했다. 휴식을 취하기 위해 나는 눈을 감고 풀밭에 드러누웠다. 주위는 온통 바닷

새들의 울음소리와 저 아래에서 쉬지 않고 부딪히는 파도 소리로 넘쳐 났다. 나는 이내 잠이 들어 버렸다. 자면서 나는 어떤 섬에 대한 꿈을 꾸었는데, 그곳에 사는 사람들은 시계가 없어도 만족스러워하며, 매일같이 새로운 일들을 체험하면서 살고 있었다.

그때였다. 갑자기 무언가가 내 코를 간질이는 것 같았다. 나는 잠에 취한 채 손을 휘저어 그걸 저지하려고 했지만 계속해서 간질여 대는 통에 소용이 없었다. 눈을 뜬 순간 나는 깜짝 놀랐다. 이제까지 한 번도 본 적이 없는 물체 하나가 내 옆에 서 있는 게 아닌가. 1미터 정도 되는 키에, 짤막한 다리와 가느다란 팔을 가진 동그란 형상의 인물이었다. 작지만 단단한 체격을 가진 그는 영리해 보였다.

난 잠이 확 달아나면서 순간 뒤로 흠칫 물러났다. 그가 빤히 쳐다보고 있었던 것이다. 그는 분명 살그머니 다가왔을 것이었다. 도대체 어디서 온 거지? 마치 꿈을 꾸고 있는 듯, 나는 당황하여 떨리는 목소리로 물었다.

"너는 어디서 왔지?"

그러자 그는 미소를 띠며 천연덕스럽게 말했다.

"기억 속에서요."

"기억 속에서?"

"네. 아저씨를 오랫동안 지켜봤어요."

그제야 나는 날이 이제 더 이상 어둡지 않다는 걸 알아차렸다. 먼동이 트면서, 지평선 너머 등대가 이 밤의 마지막 등화 신호를 보내고 있었다. 꽤나 오랜 시간을 풀밭에 누워 있었던 게 틀림없었다. 으슬으슬 한기가 들었다. 아니, 그런데 커다란 바다가 사라져 버리고 없는 게 아닌가! 그 대신 속이 빈 커다란 통같이 생긴 모래톱이 눈앞에 펼쳐져 있었다.

"넌 누구니?"

내가 물었다.

"저를 모르시겠어요? 잊어버리셨나 보군요."

실망한 그는 몸을 휙 돌려 모래톱 쪽을 바라보더니, 다시 내 쪽을 보면서 말했다.

"제 이름은 티데만이에요. 순간을 찾고 있어요."

난 그의 말에 뭐라고 대꾸해야 할지 아무 생각도 나지 않았다. 정말이지 그애에 대한 기억이 전혀 나질 않았다. 그런데 순간을 찾아다닌다는 게 어째 쓸데없는 짓처럼 느껴졌다. 하지만 호기심은 점점 더 커져만 갔다. 다시 내가 물었다.

"우리가 어디서 만났지? 어째서 내가 너를 잊어버렸다는

거지?'

그러자 티데만이 대답했다.

"그건 오래 전 일이에요."

이제 피곤이 내게서 물러갔다(물론 내가 완전히 잠에서 깨어난 것인지는 확실치 않지만). 동이 틀 때의 어스름은 너무나도 따스했다. 글을 써야 한다는 생각이 싹 가셨다. 나는 티데만이 들려줄 새로운 이야기가 무척이나 기대되어 내가 수년 동안 옛날 이야기에 의존하며 살아왔다는 사실마저도 잊어버렸다.

그렇게 해서 나는 티데만을 알게 되었다. 나는 글을 쓰기 시작한 뒤 처음으로 원고를 끝마치지 않았던 것에 대해 그 후로도 결코 후회한 적은 없다. 글을 쓰는 대신 그로부터 어떤 이야기를 듣게 되었으니까. 그 속에서 나는 시간에 대해 많은 것을 경험하게 되었다. 이제 난 알고 있다. 순간들은 신비스러운 시간이라는 사실을.

## 티데만의 순간 찾기 여행

**티데만이** 제방에서 지낸다는 건 거의 불가
능해 보였다. 어디를 둘러봐도 집이라곤 없었기 때문이었
다. 내가 그를 의심한다고 생각할까 봐, 나는 그에게 왜 집
없이 지내고 있냐고 묻거나 하지 않았다. 제방은 티데만이
기나긴 여행 끝에 마련한 임시 종착지였던 게 틀림없었다.
나처럼, 그도 오로지 하나의 목적을 가지고 있었는데, 바로
'순간'을 찾고 있었다.

물론 그 점이 내겐 이상하게 느껴졌다. 다른 사람들처럼 나 역시도 순간을 찾는다는 건 불가능하다고 생각하고 있었으니까. 난 티데만이 하는 말을, 그저 무의미하게 내뱉는 빈말로밖에 생각하지 않았다. 티데만 역시 내 말을 들으려고 하지 않았다. 그가 말하기를, 사람들은 예전에 한번 눈으로 보았던 사물만을 찾으려 할 뿐이란다. 그래서 눈에 보이지 않는 것은 그 어떤 것도 생각조차 할 수 없다는 거다. 그렇게 말하니 나는 더 이상 할 말이 없어지고 말았다.

티데만은 어떤 사람과 처음 만났던 때를 잘 기억하지 못하고 있었다. 지금까지도 이상한 건, 티데만을 보고도 가던 길을 멈춰 선 사람이 아무도 없었다는 점이다. 그의 생김새가 너무나도 특이한데 말이다. 나 역시도 제방 위에서 그의 생김새를 보고 어떻게 놀라지 않았었는지 아직까지도 그 까닭을 잘 모르겠다. 이건 그 누구도 티데만에게 시간을 할애하지 않았다는 증거다.

티데만이 사람들에 대해서 갖는 첫인상들 역시, 그가 너무나도 건성으로 지나친 탓에 나중에 기억하는 사람이 하나도 없을 정도였다. 첫 번째 기억은 한 아이와의 만남으로 거슬러 올라갔다. 어느 작은 교외 주택 단지에 있는 정원 울타리의 구멍을 통해서였다.

아이는 티데만을 보지 못했다. 키가 티데만 정도밖에 안
되었으니까. 아이는 다른 어른들처럼 바쁘게 갈 길을 가는
것이 아니라 그냥 잔디밭에 앉아 있었다. 티데만은 정원 울
타리를 넘어서 아이에게로 뛰어갔다.

"안녕! 내게 손님이 왔네. 멋진걸."

아이가 소리쳤다.

아이는 손에 줄 하나를 들고 있었는데, 거기에는 조개껍데
기들이 줄줄이 꿰어져 있었다. 바늘로 조개껍데기에 구멍을
내어 줄에다 꿰고 있는 중이었다.

"우리 엄마한테 줄 선물이야. 곧 생일이시거든."

아이는 조개껍데기 엮은 줄을 옆에다 놓으며 말했다.

"이리 와, 나하고 놀자."

"뭘 하고 놀 건데?"

티데만이 물었다.

"아주 간단해. 넌 그냥 몸을 숨기면 돼. 내가 손으로 눈을
가리고 스물까지 셀 거야. 그러고 나서 내가 널 찾는 놀이야.
내가 널 찾아내면 이번에는 네가 날 찾아야 해."

티데만은 꼭꼭 숨었다. 한참이 지나서야 그 아이는 티데만

을 찾아냈다. 그러고 나서 이번에는 아이가 숨었다.

아이가 목마르다며 그만 놀고 싶어 할 때까지 그들은 그렇게 어울려 놀았다. 아이는 수북이 쌓아 놓은 조개껍데기 옆에 있던 병을 집어 들고 물을 마셨다. 티데만은 아이를 뒤따라 가 잔디밭에 함께 앉으면서 신이 나서 말했다.

"참 재미있는 놀이였어. 그런데 왜 너희 엄마는 같이 놀지 않으시니?"

"일하고 계셔. 아빠도 일하시고."

"엄마 아빤 놀지 않으시니?"

"응. 요즘엔 놀지 않으셔. 엄마 아빠가 그러시는데, 아이들이나 노는 거래. 옛날에 어렸을 땐 엄마 아빠도 노셨대. 그렇게 자주 말씀하셨어."

"넌 옛날에 뭘 했는데?"

"난 아직 어려서 옛날이라는 게 없어."

"왜 너희 엄마 아빠 일만 하시니?"

"일한다는 건 중요해. 사람은 미래를 생각해야 한다고 엄마 아빠가 말씀하셨어."

"그런데 넌 미래에 대해서 생각하지 않잖아?"

티데만이 물었다.

"난 어린애인걸. 미래는 나한텐 아주 먼 얘기라고."

아이가 말했다.

"하지만 내일도 분명 미래잖아. 30분 뒤도 미래고 말야."

"그럴 수 있지. 하지만 난 지금 내가 뭘 하는지, 그리고 어디에 있는지 그 정도만 알 뿐이야. 내일이 되면 내가 뭘 하는지, 어디에 있는지 다시 알게 되겠지. 그런데 말야, 그런 식으로 세상이 돌아가면 언제나 지금만 계속될 뿐, 미래라는 건 없는 거잖아."

그러자 티데만이 말했다.

"네 말이 맞아. 원래 언제나 지금인 거야."

지금 아이는 다시 놀고 싶어 했다. 티데만도 찬성했다. 지금이 놀기에 좋은 시간이었다. 아이는 공을 가지러 집으로 들어갔다.

"잠깐만 기다려!"

아이가 티데만에게 소리쳤다. 갑자기 뭔가가 섬광처럼 티데만의 뇌리를 스쳤다.

아이가 돌아오자 티데만이 물었다.

"잠깐이 뭐야?"

"순간이란 말이야."

"순간이 뭔데?"

"그건 나도 몰라. 난 아직 어린애인걸."

과거는 사람이 바꿔 놓지 못하는 것일 거라고 티데만은 생각했다. 또한 미래는 사람이 궁금해하지만 어떤 형상을 하고 있는지는 알 수 없는 거라고 생각했다. 만일 알게 되었다면 그건 더 이상 미래가 아니기 때문이었다.

하지만 순간은 뭔가 특별한 것임에 틀림없었다. 마치 부드러운 속삭임처럼, 그 말은 계속 티데만의 귓가에 울렸다. 사랑하는 사람의 미소처럼, 순간이라는 말이 머릿속에서 맴돌며 그를 가만 내버려 두지 않았다.

"순간을 어디에서 찾지?"

티데만이 묻자 아이는 그저 어깨를 으쓱해 보였다.

잔디밭으로 달려간 아이가 공을 던졌다. 티데만은 공놀이를 하는 동안에도 내내 순간에 대한 생각만 했다. 아무리 해도 잊어버릴 수가 없었다. 결국 티데만은 순간을 찾아봐야겠다고 결심했다. 하지만 어디에서부터 찾기야 할지 알 수 없었다. 그건 당연한 일이었다. 순간이란 눈에 보이지도, 들리지도 않는 것이니까. 또한 냄새를 맡을 수도, 맛을 볼 수도 없으며, 심지어 손에 잡히지도 않는 것이니까.

티데만은 어디에서 순간을 찾을 수 있을지 아무런 생각도 떠오르지 않았다. 그래도 누군가 그걸 알려 줄 사람을 만날 수 있을 거라고 생각했다. 하지만 아무도 발견할 수 없었다.

어찌할 바를 몰라 하던 티데만은 거리로 뛰쳐나갔다. 거리에 있는 집들은 한결같이 같은 모양이었다. 단지의 맨 마지막에 있는 집은 커브 길 뒤에 위치해 있었다. 집 옆으로 나 있는 소도시의 도로를 따라, 티데만은 드넓고 푸른 평원을 지나 어떤 숲 속으로 들어갔다.

숲을 지나자 두 갈래 길이 펼쳐졌다. 난처한 노릇이었다. 만약 왼쪽 길로 가다가 혹시라도 순간을 못 만나게 되면 다시 오른쪽 길로 가 봐야 할 것이었다. 오른쪽 길로 간다 하더라도 마찬가지였다. 혹시라도 순간을 못 만나면 다시 왼쪽 길로 가 봐야 하니까.

사방을 둘러보던 티데만은 눈앞에 있는 언덕 위쪽에 커다란 기구 하나가 있는 것을 발견했다. 그 옆에서 한 사내가 거대한 기낭(氣囊. 기구 따위의 가스를 넣는 주머니:역주)을 펼치고 있었다. 티데만은 자신이 뭔가를 찾고 있다는 사실도 잊어버린 채, 도로를 가로질러 언덕 위로 뛰어갔다.

"안녕. 난 기구 조종사 봉카란다."

사내가 티데만에게 인사했다.

"나의 승객이 오셨군."

"승객은 뭘 하는 건데요?"

티데만이 물었다.

"나와 함께 하늘을 나는 거지."

티데만은 아직 하늘을 날아 본 적이 없었다. 기구 조종사 봉카는 티데만을 기구 안에 올려 주고 난 뒤, 자신도 타더니 기낭 입구 쪽에 불을 붙였다. 뜨거운 공기가 주입되면서 기낭은 아주 거대한 공처럼 부풀어 올랐다. 그러자 (기구 위의 튼튼한 밧줄에 힘입어) 조종사 봉카와 티데만이 탄 기구가 서서히 움직이더니 땅 위로 올랐다.

"출발 준비 끝!"

조종사 봉카가 소리쳤다.

그는 기구 바닥에 있던 무거운 자루를 집어 들어 들판으로 던졌다. 세 번에 걸쳐 자루들을 밖으로 버리자, 기구가 서서히 언덕으로부터 떠올랐다. 처음에는 대지 위를 그냥 떠다니더니 천천히 높이 올라갔다.

티데만은 밧줄을 꽉 붙들고 기구 밖을 내려다보았다. 바람이 불어와 기구를 밀어내자 기구는 이내 육지를 건넜다.

티데만은 이런 방법으로 세상을 구경해 본 적이 없었다. 상공에서 보니 사물들은 실제 크기보다 더 작게 보였다. 정말 신기했다. 그러다가 다시 사물들이 점점 커졌다. 바람이 기구와 놀이 친구가 되어 이따금씩 방향을 바꾸어 주었다.

처음에는 넓은 평원 위를 날더니 다음에는 바다를 가로질러 갔다. 마을 위를 떠가다가는 숲을 지나갔다. 숲은 발 아래 너무나도 울창하게 펼쳐져 있었다.

"어디로 날아가고 있는 거죠?"

티데만이 묻자 기구 조종사 봉카가 말했다.

"그건 나도 몰라. 만약 그걸 안다면 거기까지 자동차로 갈 텐데. 그게 훨씬 쉬울 테니까."

"그러면 왜 이렇게 날고 있는 거죠?"

"그냥 날고 싶어서."

"언제쯤 땅에 내리는 거죠?"

그러자 봉카는 미소를 띠며 말했다.

"착륙하게 되면. 그러니까 너무 늦게 도착해서는 안 되겠지. 나는 내가 출발하고 싶을 때 출발하고, 내가 날고 싶을 때 날아. 그리고 내가 착륙하고 싶을 때 착륙하지. 하지만 출발해야 하는데 이미 날고 있거나, 날려고 하는데 이미 착륙해 있으면, 착륙했을 때 넌 분명 다른 장소에 있게 되지. 그렇게 되면 넌 목적지에 다다르지 못하게 되는 거야."

티데만은 다시 아래를 내려다보았다. 그 사이에 기구는 외딴 농가들을 둘러싸고 있는 푸른 평원 위를 지났다. 평원을 가로질러 길고 곧게 뻗은 도로가 나 있었고, 그 길은 수평선에 이르러서야 없어졌다. 이윽고 기구는 아래로 내려갔다. 이제 어디로 갈 것인지 확실히 결정해야만 했다.

다시 바람이 불어와 기구의 방향을 다른 쪽으로 바꾸어 놓았다. 기구는 마침내 숲 속의 공터에 착륙했다. 그곳은 상공에서 보았던 단지 맨 마지막 집과는 많이 떨어져 있었다. 티데만은 기구에서 나와 작별 인사를 했다. 기구 조종사 봉카가 손을 흔들며 전송했다. 순간을 찾고 있다는 걸 까맣게 잊어버렸기에 티데만은 아직도 예감하지 못했다. 자신이 순간에 아주 가까이 와 있다는 사실을.

숲 속의 공터를 떠날 때 티데만은 어느 방향으로 나아가야 할지 깊이 생각지도 않고 그냥 뛰었다. 그러다가 어느 꽃 앞에서 멈춰 서더니 정신없이 꽃 향기를 맡았다. 그러고는 계속해서 뛰어갔다. 티데만은 다시 멈춰 서더니 이번에는 그

자리에 주저앉아 주변 경치를 쭉 둘러보았다. 이대로 영원히 계속해서 곳곳을 돌아다닐 수만 있다면 얼마나 좋을까.

하지만 한기가 느껴지는 컴컴한 숲 속에서 잠깐 나무줄기에 등을 기댔을 때, 티데만은 쓰러질 정도로 피곤이 몰려오는 것을 느꼈다. 티데만은 휴식을 취할 만한 곳을 찾다가, 몇 발자국 안 가서 덤불 속에 있는 오두막 하나를 발견했다. 왠지 거기서라면 틀림없이 기운을 회복할 수 있을 것 같았다.

티데만이 오두막에 다다랐을 때 서로 언성을 높여 싸우고 있는 두 목소리가 들려왔다. 티데만은 주위를 돌며 살펴보았다. 오두막 뒤편에 토끼와 달팽이가 앉아 있는 게 아닌가.

토끼와 달팽이는 저마다 소리를 질러 대고 있었는데, 토끼는 오른쪽 앞발로 삿대질을 하고 있었고, 달팽이는 더듬이를 허공에다 휘젓고 있었다.

"이봐, 친구들. 무엇 때문에 그렇게 심하게 싸우는 거지?"

티데만이 묻자 토끼가 대답했다.

"달팽이가 나를 모욕했어. 글쎄 자기가 나보다 더 빠르다고 우기잖아. 참 가소로워서. 토끼가 더 빠르다는 건 모든 달팽이들도 알고 있는 사실인데 말이야."

그러자 달팽이가 소리쳤다.

"가소로운 건 바로 네 억지라고. 그건 그렇고, 토끼가 날 모욕했다고. 나보고 느려 터진 달팽이라고 하잖아."

듣고 있던 티데만이 물었다.

"네가 느리다고 하는 게 뭐가 기분 나빠? 넌 어찌 됐든 달팽이고, 달팽이는 느리잖아."

"맞는 말이야. 하지만 토끼 말은, 자기가 나보다 더 빠르기 때문에 더 잘났다는 거야."

토끼가 말을 받았다.

"신은 세상을 엿새 동안 창조하셨어. 만약에 신이 달팽이처럼 느린 분이셨다면, 지금까지도 다 못 만드셨을걸."

화가 난 달팽이가 외쳤다.

"만일 신이 엿새 동안 불손한 토끼만을 창조해 낼 능력이 있으셨다면, 차라리 세상을 창조하지 않는 편이 나았을걸. 내가 그걸 증명해 보일 거야."

"좋아, 보여 줘 봐."

토끼가 당장 싸움이라도 벌일 기세로 소리쳤다.

"우리 시합해. 먼저 도착하는 쪽 말이 맞는 거야."

"심판 좀 봐 주겠니."

달팽이가 티데만에게 말했다.

그들은 오두막 주위를 열 바퀴 돌기로 했다. 티데만은 나뭇가지를 들어 무른 땅바닥에 선을 하나 그었다. 이것이 바로 출발선이자 결승선이었다. 토끼와 달팽이가 선 앞에 서자, 티데만은 하나 둘 세더니 셋에 손뼉을 쳤다.

드디어 경주가 시작되었다. 달팽이가 출발선에서 느릿느릿 기어갔다. 토끼는 있는 힘을 다해 달렸다. 오두막 꺾어지는 부분에서 돌 때도 속도를 늦추지 않기 위해 넓게 곡선을 그리며 달렸다. 커브를 돌 때 속도가 너무나 빨랐던 탓에 토끼는 미끄러지면서 넘어지고 말았다. 하지만 금방 몸을 털고는 이내 계속해서 달렸다.

토끼가 두 번째로 티데만 옆을 통과할 때, 달팽이는 그때 막 첫 번째 코너를 기어가고 있었다. 토끼는 달리면서 승리감에 취해 점점 더 속력을 빨리했다. 그렇게 달려 세 바퀴, 네 바퀴, 다섯 바퀴, 여섯 바퀴, 일곱 바퀴 그리고 여덟 바퀴째 티데만 옆을 스쳐 지나갔다. 반면, 달팽이는 아직까지 첫 번째 바퀴를 계속 기어가고 있어 시야에 들어오지도 않았다.

그런데 아홉 번째 바퀴의 마지막 코너 부근에서 토끼가 달리는 것을 멈췄다. 가쁘게 숨을 몰아쉬었고, 털가죽 속의 그의 심장도 심하게 쿵쿵거렸다. 토끼는 너무나 힘에 겨운 나머지 몸을 질질 끌며 아주 천천히 열 번째 바퀴를 돌았다. 그때 비로소 달팽이가 처음으로 마지막 코너를 기어오고 있었다. 출발할 때와 똑같은 속도였다.

달팽이가 첫 번째 바퀴를 돌았을 때, 토끼는 마지막 코너 부근에서 마지막 남은 힘을 다해 앞발을 움직였다. 이제 결승선은 불과 몇 발자국밖에 남지 않았다. 하지만 마지막 코너를 벗어날 즈음 토끼는 그만 주저앉아 버리고 말았다. 그대로 땅바닥에 누워 네 발을 모두 쭉 펴고 간신히 숨만 헐떡거렸다. 토끼가 가쁜 숨을 몰아쉬며 간신히 말을 이었다.

"더 이상은 못 하겠어. 다리가 온통 후들거리고 숨도 제대로 못 쉬겠어. 칼날 같은 게 옆구리를 계속 콕콕 쑤시는 것 같고."

기운을 회복하기 위해 토끼는 그냥 누워 있었다. 그때까지 승리는 분명 그의 것으로 보였다. 결승선까지 불과 몇 발자국밖에 남지 않았기에. 하지만 토끼는 체력이 완전히 소진되어 몇 번이나 일어나려고 애썼지만, 아까보다 다리가 더 후들거려 도로 땅으로 쓰러지고 말았다.

토끼가 체념한 듯 땅바닥에 누워 있는 동안, 달팽이는 시종일관 흐트러짐 없이 기어갔다. 달팽이가 한 바퀴 도는 시간은 토끼가 첫 번째 바퀴를 돌 때보다 훨씬 오래 걸렸다.

그렇지만 달팽이는 똑같은 속도로 지친 기색도 보이지 않고 앞으로 계속 나아갔다. 그리고 마침내 마지막 바퀴를 기어가게 되었다. 물론 마지막 코너를 돌 때까지는 다시 오랜 시간이 걸렸다. 토끼는 필사적으로 자리에서 일어나려 했다. 하지만 달팽이는 토끼를 추월해서 결승선을 향해 기어 갔다.

달팽이가 결승선을 통과한 뒤 주위를 둘러보자 토끼는 신음 소리를 냈다. 달팽이는 조금 전과 같은 속도로 토끼에게로 다시 기어왔다.

티데만이 그들에게로 가서 달팽이에게 축하 인사를 했다.

"이길 수 있었던 비결이 뭐니?"

티데만이 묻자 달팽이가 대답했다.

"내가 할 수 있는 범위 내에서 빨리 기었어. 토끼는 두말할 필요도 없이 나보다 훨씬 빨라. 하지만 토끼는 더 빠르고 싶어 했어. 그 결과 지게 된 거지."

"네가 기어가는 것처럼 그렇게 천천히 달리긴 힘들어."

서서히 기력을 되찾으며 토끼가 말했다.

"그건 그래."

달팽이가 말을 받았다.

"하지만 누구나 자기 속도라는 게 있어. 올바른 템포로 가는 게 중요한 거야. 짧은 코스를 달릴 땐 너처럼 빨리 달리는 게 맞을 거야. 하지만 긴 구간을 달릴 땐 더 천천히 뛰거나 중간에 휴식을 좀 취해야 해. 그러니까 넌 여유 있게 깡충깡충 뛰었어야 했단 말이지. 그랬다면 지금처럼 기진맥진하지 않았을 거고, 크게 앞서서 승리를 했을 거야."

"달팽이 말이 옳아."

지금까지 재미있게 듣고 있던 티데만이 토끼에게 말했다.

"어떤 땐 아주 빨라야 하지만 또 어떤 땐 천천히 해야 해. 어쩌다 당근을 발견해서 그걸 먹으려고 한다면 천천히 먹어야 하지. 보통은 매일 맛없는 풀만 먹어야 하니까. 하지만 불이 났을 때는 재빨리 서둘러야지. 그러지 않으면 불에 타 죽을 테니까. 그리고 찻길을 건널 때도 사고를 당하지 않도록 빨리 달려야 하고."

"유감스럽게도 전부 맞는 말이야."

달팽이가 끼어들며 말했다.

"난 불이 나도 그렇게 빨리 뛰지 못하잖아. 그래서 우리 달팽이들은 늘 위태로워. 느린 걸음 때문에 우리 목숨을 쉽게 잃을 수 있거든. 찻길을 건너려고 할 때면 늘 밤이 될 때까지 기다리거나, 차가 적게 지나갈 때까지 기다려야 해. 그러니까 적절한 시간 포착이 중요한 거지. 그렇지만 밤에도 위험하긴 마찬가지야."

그러자 토끼가 외쳤다.

"그건 걱정 마. 난 빠르니까, 만일 불이 나거나 네가 찻길을 건널 일이 있으면 내가 업고 날라다 줄게. 빠른 쪽이 느린 쪽을 도와준다면 아무도 위태롭지 않을 거야. 그 대신 내가 너무 빨리 달리지 않도록 네가 주의를 줘. 제때 경고를 해 주면, 숨도 가빠지지 않을 거고 힘도 충분히 비축할 수 있을 테니까."

"오늘은 내기 널 업어 날라야겠는걸."

달팽이가 토끼에게 윙크하며 말했다.

"아냐, 괜찮아. 이젠 거뜬해."

토끼가 대답하면서 천천히 일어섰다. 아직도 다리를 비틀거렸지만 조심스럽게 움직일 수는 있었다.

"그나저나 너희들 덕분에 내가 지금 피곤하구나."

티데만이 말했다.

"사실 난 오두막에서 좀 쉬고 싶었거든."

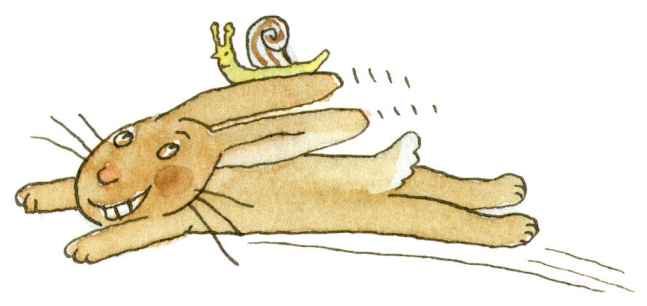

그러자 토끼와 달팽이는 티데만에게 시합의 심판을 봐 준데 대해 감사의 인사를 했다.

그들은 배가 고팠고, 고픈 배를 채우기 위해 마음껏 포식할 수 있는 초원을 찾아가겠다고 했다. 그들은 느릿느릿 달팽이 걸음 속도로 오두막을 떠났다.

몇 발자국 안 가서 토끼가 달팽이에게 생긋 웃으며 말했다.

"만일 배가 고프면 빨리 서둘러야 하는 거지, 그렇지?"

"그럼!"

달팽이도 같이 웃으며 말했다. 토끼가 몸을 숙이자 달팽이가 등에 올라탔다. 그러고는 토끼는 곧바로 깡충깡충 뛰어갔다.

그제야 티데만은 오두막 안으로 들어가 바닥에 누웠다. 아직까지도 순간에 대한 생각은 털끝만큼도 들지 않았다. 그저 빨리 피로에서 벗어나 기운을 회복하고 싶다는 생각뿐이었다. 티데만은 곧바로 잠이 들었다.

그런데 티데만은 꿈속에서 눈앞에 있는 순간을 보게 되었다. 그것은 바로 옛 친구였다. 자신에게 윙크를 보내고 있었던 것이다. 티데만이 그에게로 빨리 달려갔다. 하지만 달려가면 갈수록 둘 사이의 거리는 점점 더 벌어졌다. 마치 순간을 결코 잡을 수 없을 정도로.

잠에서 깨어난 티데만은 자신이 어디에 있는지 금방 알아차리지 못했다. 숲 속의 신선한 향기가 코끝에 실려 왔다. 나무들은 아직도 벌거벗은 상태였다. 나뭇가지 사이로 몇 줄기의 햇살이 오솔길과 숲의 바닥을 비추고 있었다. 그때였다. 어떤 사람이 수풀을 헤치고 오두막 쪽으로 다가왔다.

티데만은 그가 뭘 하는 사람인지 의심스러웠지만 이젠 혼자가 아니라는 생각에 기쁜 마음이 들었다. 사실 벌거벗은 나무들이 내내 그를 슬프게 만들고 있었다.

"안녕하세요. 당신은 누구시죠?"

티데만이 물었다.

"난 봄이란다."

"왜 혼자 숲 속에 오신 거죠?"

"뭔가를 주려고 왔지. 벌거벗은 나무들을 보며 넌 슬퍼했잖아."

봄은 티데만을 향해 왼쪽 손을 뻗었다. 그 손에는 작고 푸른 잎사귀가 하나 쥐어 있었다. 봄은 나무 가까이 가서 잎사귀를 가느다란 나뭇가지에다 붙이고는 손을 살랑살랑 흔들었다. 그러자 다음 순간 숲 속 나무들은 마치 생명의 싹을 틔우는 듯, 나지막이 바스락바스락 소리를 내면서 모든 가지들 사이로 작은 꽃봉오리가 생겨났다.

어린잎이 서서히 돋아나 쑥쑥 자라더니, 마침내 크고 작은 푸른 잎사귀들이 저마다 미소라도 짓는 듯 장관을 이루었다. 때마침 불어온 산들바람에 나뭇가지들이 이리저리 춤을 추었다. 나무들은 봄에게 감사의 인사라도 하듯, 잎사귀들을 바스락거리며 아름다운 소리를 냈다.

"우와, 굉장하다!"

티데만이 놀라서 말했다.

"당신은 마술사인가요?"

"아니, 그저 내 임무를 다한 것뿐이야. 난 봄이잖아."

티데만은 봄에게 자기 곁에 머물러 달라고 부탁했다. 자신의 임무를 다 끝마치고 나서야 봄은 휴식을 취할 수 있었다. 그러고는 자신이 이 땅에서 하는 일들에 대해 알려 주었다. 식물들이 자라게 하고 꽃들이 피게 하는 것도 자신의 임무라고 했다. 티데만은 깊이 감명받았고, 자신이 봄을 알게 된 것에 대해 우쭐한 기분이 들었다.

그렇게 그들은 함께하며 많은 시간을 보냈다. 작별의 시간이 다가오자 티데만은 다시 슬퍼졌다. 티데만은 봄에게 조금만 더 자기와 같이 있어 달라고 졸랐다.

"그건 안 돼. 하지만 난 다시 올 거야."

봄이 약속했다.

"틀림없이."

"언제 돌아오실 거죠?"

티데만이 묻자 봄이 말했다.

"내가 올 때가 되면."

"그렇지만 제가 여기 없을 때 오시면 무슨 소용 있어요?"

"난 어디서든 널 찾을 수 있어. 난 봄이잖아."

봄은 티데만에게 혼자 있는 시간이 그리 길지는 않을 거라는 의미심장한 말을 남기고 작별을 고했다.

티데만은 봄에게 윙크를 했다. 봄이 더 이상 보이지 않게 되자, 티데만은 오두막 뒤편에 있는 덤불로 가서 신기한 듯 잎사귀들을 바라보았다.

그때 갑자기 어떤 목소리가 들려왔다.

"여보세요, 거기 아무도 없어요?"

티데만이 오두막을 돌아 달려갔다. 손님이 와 있었다.

"안녕하세요. 누구시죠?"

티데만이 물었다.

"난 여름이란다. 보아하니 날 그리 오래 기다린 것 같지는 않구나."

"봄이 방금 갔어요."

여름이 웃으며 말했다.

"네게 줄 선물이 있단다."

"하지만 당신 손엔 아무것도 없잖아요."

티데만이 뾰로통해서 말했다.

여름은 한바탕 웃어 젖히더니 손바닥을 오므리고 양팔을 벌렸다. 그러고는 다시 손바닥을 펴더니 웃어 대기 시작했다. 티데만이 여태껏 그 누구한테서도 들어 본 적이 없었던 웃음이었다.

갑자기 나무 잎사귀들의 바스락거리는 소리가 그쳤다. 조용했다. 기분을 상쾌하게 만드는 따스함이 숲 속의 신선한 향내와 오묘한 조화를 이루었다. 티데만이 눈을 깜빡거렸다. 울창하고, 물기를 머금어 새파란 잎사귀들 사이로 가느다란 햇살이 스쳐 지나갈 때 너무나도 눈부셨기 때문이었다.

따스함이 전해지면서 티데만은 몸이 붕 뜨는 듯한 야릇한 기분에 사로잡혔다. 티데만은 마치 자신의 기쁨을 함께하기라도 하듯 나지막이 바스락거리며 춤을 추고 있는 잎사귀들의 리듬에 맞춰 껑충껑충 뛰어도 보았다.

여름은 잠시 함께 지내자는 티데만의 제안을 기꺼이 받아들였다. 그 외에도 여름이 가져온 선물은 아이들의 웃음소리였다. 아이들이 숲에서 놀 때면 들을 수 있는 바로 그런 소리였다. 여름과 티데만도 역시 자주 웃었다. 여름은 심지어 떠날 때조차도 웃으며 말했다.

"난 웃는 것밖에 모른단다. 그게 내 임무거든. 슬퍼하지

마. 곧 누군가가 와서 널 위로해 줄 거야. 그리고 난 언젠가 다시 돌아올 거야."

여름은 또 한 번 웃으며 떠나갔다. 오두막엔 적막만이 흘렀다. 따스하던 기운도 식어 가고, 나무들은 싸늘한 향기만 뿜어냈다. 티데만은 아이들의 웃음소리를 머리에 떠올렸지만, 더 이상 웃음소리를 들을 수 없었다.

그때 문 두드리는 소리가 들려왔다. 오두막 앞에 어떤 노인이 서서 상냥한 미소를 띠며 티데만을 쳐다보았다.

"안녕. 난 가을이란다. 네 얼굴이 슬퍼 보이는구나."

"여름이 가 버렸어요. 항상 다정하게 웃어 주었는데. 제게 가져온 게 뭐 있나요?"

"있고말고. 하지만 봄이나 여름이 준 선물과는 달리 네 마음에 안 들지도 모르겠다."

"뭔데요?"

"비와 바람을 가져왔거든."

가을은 양 볼이 풍선처럼 부풀어 오를 정도로 숨을 깊이 들이마셨다. 그러고는 있는 힘을 다해 숲 속에다 입김을 불어넣었다. 이러기를 두 번 반복했다.

처음엔 그저 나뭇잎들이 바스락거리는 소리만 요란했다.

그러다가 나무가 흔들릴 정도로 바람이 불어 젖혔다. 나무들은 바람과 사투를 벌였다. 하지만 점차 나뭇잎이 하나 둘씩 줄어들어 갔다. 수많은 나뭇잎들이 공중으로 날리더니 숲 속 바닥으로 떨어졌다.

바람이 수그러들었을 때 나무들은 이미 벌거숭이가 되어 있었다. 숲의 바닥은 빨간색, 갈색, 노란색 이파리들로 온통 넘쳐 났다. 티데만의 몸이 뻣뻣해졌다.

"왜 이런 짓을 한 거죠?"

티데만은 화가 나서 가을에게 소리쳤다.

"그게 내 임무란다."

가을이 이렇게 대답하자 티데만이 말했다.

"그거 참 별로 좋지 않은 임무로군요."

"꼭 필요한 임무지."

가을이 다정하게 웃으며 말했다.

"원한다면 네게 그 이유를 말해 주마."

티데만은 여름을 다시 불러오고 싶었지만 그 말에 동의했다. 궁금하다는 생각이 앞서자 어느 정도 화가 누그러졌다. 결국 가을 역시 그곳에 머물게 되었다.

"사람들은 나를 좋아하지 않아."

가을이 하소연했다.

"나도 알고 있어요."

티데만이 반항 섞인 말투로 말하자 가을이 계속 말을 이었다.

"그건 그렇지 않아. 내가 없다면 아마 숲 속에 있는 생명체들이 어느 날 다 죽어 버릴 거야. 나뭇잎들은 서서히 말라 죽을 거고, 나무들은 새로운 잎사귀를 만들기 위해 필사적으로 노력하겠지. 하지만 새로운 잎사귀가 돋아나야 할 그 자리는 죽어서 썩어 빠진 이파리들이 차지하고 있겠지. 시간이 지나면 나무들은 힘이 없어지고, 시름시름 약해지다가 결국엔 죽고 말 거야."

"지금 나무들은 벌거벗은 채 창피하게 서 있어요. 이것 또한 좋은 건 아니잖아요."

티데만이 몹시 화가 나서 쏘아붙였다.

"저들은 지금 원기를 회복하고 있는 거야. 곧 새로운 잎들을 만들기 위해 휴식을 취하면서 힘을 모으고 있는 거란다. 내가 그걸 가능하게 만들지."

가을은 너무나도 다정다감하고 참을성이 있었던지라, 티데만이 이내 자신을 신뢰하도록 만드는 데 성공했다. 작별 인사를 할 때쯤에는 티데만이 이미 오래전에 화를 푼 상태였다. 아니 가을과 친숙해질 대로 친숙해져 있었다.

매일 밤 그들은 서로 사려 깊은 이야기들을 주고받았고, 비가 후두두 쏟아질 때면 말없이 빗소리를 듣곤 했었다. 티데만은 오로지 숲이 다시 살아나기만을 바라는 마음으로 봄이 곧 돌아오기를 고대했다. 하지만 가을이 가자마자 어떤 노인이 오두막에 찾아왔다.

"난 봄을 기다리고 있어요."

티데만이 말했다.

"봄은 아직 올 수 없단다. 난 겨울이야."

티데만은 실망한 눈빛으로 겨울을 쳐다보았다.

"실망하지 마라."

겨울이 말했다.

"네게 줄 선물을 가져왔으니."

겨울은 손을 뻗었다. 손바닥 안에는 멋지게 장식된, 작고 하얀 눈송이가 들어있었다. 눈송이는 햇살과 만나자 영롱하게 빛났다.

"너무 아름다워요."

티데만이 감격하여 소리치면서 손으로 눈송이를 잡았다. 그러자 눈송이는 순식간에 녹아 버렸다.

"낙심하지 마, 더 많은 눈송이를 줄 테니."

겨울이 약속하듯 말했다.

겨울은 하늘을 한번 바라보더니 눈을 감았다. 그러고 나서 팔을 위로 높이 치켜들어, 뭔가를 잡으려는 것처럼 하늘을 향해 손바닥을 펼쳤다. 그러자 하얀 눈송이가 겨울이 내민 손바닥으로 쏟아졌다. 눈송이들은 점점 더 많아지더니 온통 겨울 주위로 쏟아져 내렸다.

처음에 내린 눈들은 땅에 닿자마자 전부 녹아 버렸다. 그러나 쉴 새 없이 내리는 통에 마침내 바닥에 쌓이게 되었다. 눈송이들은 이제 앞을 거의 볼 수 없을 정도로 흩날렸다.

티데만은 눈송이들을 몇 개 잡아 보려고 했다. 하지만 티데만의 손에 닿자마자 눈송이들은 금새 물방울로 바뀌어 버렸다. 눈송이들은 바닥을 완전히 덮을 정도로 수북이 쌓였다. 티데만이 한 발짝씩 내딛을 때마다 푹푹 빠질 정도였다.

어느 순간 눈발이 뜸해지더니 마침내 마지막 눈송이가 내리고 눈이 그쳤다. 세상은 정말 밝고 조용했다.

"이게 뭐죠?"

티데만이 묻자 겨울이 설명해 주었다.

"눈이란다. 세상에 살아 있는 만물들이 원기를 회복할 수 있는 시간을 주기 위해 휴식을 제공하는 거지."

"와 멋져요. 저도 편히 쉬고 싶어요. 아저씨는 피곤하지 않으세요? 봄이 올 때까지 저와 함께 계세요."

겨울은 기꺼이 머무르기로 했다. 티데만과 함께 눈 덮인 숲 속을 산책하기도 하고 눈싸움을 하기도 했다. 또한 눈을 잔뜩 쌓아 올려 작은 언덕을 만들어 주어 티데만은 미끄럼을 타고 놀 수 있었다.

수 주일이 지난 뒤, 겨울은 눈 위에 난 자신의 발자국을 손으로 문질렀다. 그러자 눈이 녹기 시작했다. 강물 속으로 돌을 던지면 동그란 파장이 생겨나듯, 오두막 주변의 눈들이 녹아 내렸다. 그렇게 하루가 지나자 숲의 바닥은 어두운 색깔을 띠게 되었고 오두막 앞은 온통 축축해졌다.

"왜 그렇게 하신 거죠?"

티데만이 묻자 겨울이 대답했다.

"그게 내 임무란다. 이젠 가야 할 시간이 되었어."

"아저씨가 가면 어떤 일이 생기나요?"

"봄이 내 뒤를 이어 올 거야. 그 다음엔 여름이 오고, 가을이 또 그 다음에 와서 내가 올 때까지 제자리를 지키지. 우린 이런 순서로 오간단다. 그렇게 딱 정해져 있지. 아무도 그걸 바꿀 순 없단다. 그런데 사람들은 그런 사실을 받아들이려 하질 않아. 여름이 오면 기온 조절 장치를 이용해서 집 안을 시원하게 꾸미고, 가을이 오면 다른 나라들에서 야채들을 비행기로 날라 오기도 하지. 그리고 내가 머무는 겨울엔 인공 햇살을 내리쬐는 방법을 쓰기도 하고 말이야."

"왜들 그러는 거죠?"

"뭔가를 잊어버리는 건망증 때문이란다, 꼬마 친구. 모든 일에는 때가 있는 법인데. 모든 걸 동시에 가질 수는 없는 거야, 앞으로도 영원히 말이지. 봄, 여름, 가을 그리고 나 겨울은 모두 너의 친구들이란다. 우리가 없으면 살 수도 없고, 성장할 수도 없고, 죽을 수도 없어. 그러니 새로운 성장이란 있을 수 없는 것이지."

"사람들이 어떻게 그걸 잊어버릴 수 있다는 건지 이해가 안 돼요."

티데만이 말했다. 그러자 겨울이 어깨를 으쓱했다. 그러곤 둘 다 다시 잠이 들었다. 어쩌면 겨울은 제대로 알고 있지 않은 거야. 그런 사람들은 분명 얼마 되지 않을 텐데, 라고 티데만은 생각했다.

겨울이 떠나고 나자 티데만은 오두막에 틀어박혀 곰곰이 생각했다. 봄이 오면 길을 걷기에 무척 좋을 것 같았다. 그래서 봄이 다시 찾아왔을 때 티데만은 그에게 오두막을 떠나겠다고 말했다.

"그래 가거라."

봄이 말했다.

"난 내 임무를 마쳐야 하거든."

티데만은 숲 속을 뛰어갔다. 작고 푸른 꽃봉오리가 바스락거리는 소리를 내며 나뭇가지를 뚫고 나와 서서히 망울을 터뜨리고, 부드러운 잎사귀들이 쑥쑥 자라나고 있다는 걸 티데만이 알게 되었을 때, 오두막은 이미 시야에서 사라지고 없었다.

즐겁게 숲을 뛰어가던 티데만은 한 아이와 마주쳤고, 순간

소도시에서 만났던 꼬마 아이가 생각났다. '맞아, 그 아이!' 그제야 티데만은 자신이 길을 떠나고 있는 이유를 알게 되었다. 순간을 찾고 있던 중이라는 것을. 티데만은 바로 '순간' 이 무엇인지 해결해야만 했었던 것이다.

'사람들이 아무리 이상하게 생겨 먹었다고 하더라도 순간을 어디서 찾을 수 있을지 알려 줄지 몰라!' 티데만은 맨 처음 만나는 사람에게 그것을 물어보기로 마음먹었다.

티데만은 반나절을 족히 걷고 난 뒤에야 비로소 첫 번째 집을 발견했다. 하지만 아무도 보이지 않았다. 계속해서 걸어가던 티데만은 잠시 후 아늑한 집들이 밀집해 있는 작은 단지를 발견했다. 티데만은 단지 안으로 들어가 좁은 골목길 아래로 내려갔다.

골목 맨 끝에 포장이 잘된, 환한 광장이 나왔다. 광장 주변으로는 우아하고 고풍스런 집들이 모여 있었다. 벽을 이은

묵직한 기둥들로 보아 집들이 함께 연결되어 있음을 알 수 있었다.

광장 한가운데에는 줄기가 울퉁불퉁 거칠고 생기가 넘치는 나무 한 그루가 서 있었다. 꼭대기의 가지는 온통 사방으로 넓게 뻗어 있어 웅장했다. 수많은 푸른 나뭇잎들이 나지막이 속삭이고 있었다. 수명이 오래된 나무임에 분명했다. 나무 아래 벤치에 시골 사람 하나가 앉아 있었다.

"순간을 찾고 있는 중이에요. 어디서 그걸 찾을 수 있는지 가르쳐 줄 수 있나요?"

티데만이 물었다. 그러자 시골 사람은 물끄러미 티데만을 쳐다보더니 신중하게 대답했다.

"아니. 유감스럽게도 난 가르쳐 줄 수 없어."

"그럼 대체 누가 알고 있는데요?"

"아, 물론 나도 알고 있지. 순간에 대해 물어본 사람은 네가 처음이야. 그게 어디에 있는지 질문 받지 않는 한에서는 분명 난 알고 있어. 하지만 난 그걸 설명할 수가 없단다."

티데만은 실망했다. 답이 바로 자신의 눈앞에 있는데 그걸 얻을 수가 없다니. 티데만은 하는 수 없이 시골 사람 옆 벤치에 앉았다.

"어쩌면 대도시에 사는 사람들이 설명해 줄 수 있을지도 몰라."

시골 사람이 잠시 후에 말했다.

"도시 사람들이 모든 걸 설명해 줄 수 있다 이 말씀이죠."

티데만은 기뻐서 손뼉을 쳤다. 그러자 시골 사람이 곧바로 덧붙여 말했다.

"물론 도시 사람들이 설명할 수 있긴 하지만, 대다수의 사람들이 설명하는 방법을 알고 있는 건 아냐."

"그런데 왜 아저씨는 대도시에 가서 그걸 설명하는 법을 배우지 않는 거죠?"

티데만이 의아해서 물었다.

"난 그냥 여기 시골에 있고 싶단다. 여기서는 뭔가를 해야 한다고 뭐라고 하는 사람도 없어. 그렇지만 대도시에는 잠자는 시간과 잠자리에서 일어나는 시간이 딱 정해져 있지. 뭘 하고자 한다면 모두 짜여진 시간에 맞춰서 해야만 해. 하지만 시골에서는 모든 걸 마음대로 할 수 있지. 여기서는 단지 정원을 손질하거나, 꽃에 물을 주거나, 씨앗을 뿌리거나, 기도를 열심히 하거나, 곡식을 거두기만 하면 된단다."

"아니, 그거면 충분하지 않나요?"

"물론 충분하지. 하지만 도시 사람들은 우리 시골 사람들을 보고 게으르다고 말한단다. 일하기 싫을 땐 지금 우리처럼 그냥 덩그러니 앉아 있거나, 지나가는 사람들과 얘기를 나눠도 돼. 그게 전부야. 그리고 배가 고프면 먹고 싶은 것들을 챙겨 먹으면 되고. 대도시에서의 생활은 이와 반대지. 거기 사람들은 우리가 생전 보지도 못한 물건들을 가지고 있단다. 하지만 그네들은 편하게 둘러앉아 얘기를 나눌 시간이 전혀 없어. 그래서 그들은 말하지. 시간은 금이라고. 대도시에서 정말 어울리는 말이야. 하지만 우리네한테는 전혀 맞지 않는 말이지."

시골 사람 덕분에 티데만은 사람들에 대해 보다 많은 사실을 알게 되었다. 분명 그들 사이에 차이란 게 존재하고 있었다. 시골 사람 역시 사람인 것을.

티데만은 그 사람과 벤치에 앉아 얘기를 나누는 것이 너무나도 즐거웠다. 쓸쓸함 따위는 전혀 느껴지지 않았다.

하지만 대도시에 대한 생각이 들자 다시 조바심이 일기 시작했다. 정말이지 순간을 찾는 일은 포기하고 싶지 않았다. 대도시에 가면 순간에 대한 모든 것을 설명해 줄 수 있을 뿐만 아니라, 순간이 어디에 있는지 기억하고 있는 사람을 어쩌면 만나게 될지도 모르는 일이었기 때문이다.

농부와 티데만은 몇 시간을 그렇게 더 앉아 있었다. 그러다가 어느 시골 사람이 지나가자 그들은 서로 다정하게 인사를 나누고 그 자리에 서서 이야기를 나누었다. 광장에 내려앉아 땅에 떨어진 빵 부스러기들을 찾아다니고 있는 새들을 물끄러미 바라보기도 했다.

이윽고 티데만이 대도시로 가는 길을 묻자 시골 사람은 약도를 그려 주었다. 티데만은 시골 광장을 느린 걸음으로 천천히 떠났다.

"행운이 함께하길 비네!"

시골 사람이 크게 소리쳤지만 티데만에겐 들리지 않았다. 그는 마을 위로 나 있는 골목길로 접어들면서 이미 깊은 생각에 빠져 있었다.

참으로 안타까운 일이었다. 순간을 거의 다 찾은 거나 다름없었는데. 시골 사람이 제대로 설명만 할 수 있었다면 얼마나 좋았을까!

티데만은 그 시골 사람이 순간에 대해 이미 많은 것을 알려 주었음에도 전혀 눈치 채지 못했던 것이다.

느릿느릿 걸음을 내딛던 티데만은 이윽고 넓은 도로에 다다랐다. 구부러진 곳이라고는 거의 없이, 기다랗게 뻗어 있는 직선 도로였다. 길을 걸으면 걸을수록 티데만은 발걸음을 점점 더 빨리했다. 하지만 도로는 끝이 보이지 않았다.

이제 그 시골 마을도 시야에서 완전히 사라졌다. 티데만의 몸은 온통 땀으로 가득했다. 햇살이 바로 머리 위에서 내리쬐고 있는데다가 오랫동안 먼 길을 걸어온 탓이었다. 피로를 풀고 기력도 되찾을 셈 티데만은 근처에서 시원하고 편안한 휴식처를 찾기 시작했다.

저편 도로 아래쪽에 조그마한 숲이 보였다. 티데만은 들판을 가로질러 내려가 작은 숲 속으로 들어갔다. 깨끗하고 시원한 바람이 코끝에 스쳤다.

표지판도 없는 거친 길을 걸어 내려가던 티데만은 언덕 부근에 이르러 강물을 발견했다. 티데만은 엉금엉금 기어 내려가 숲을 굽이쳐 흘러가고 있는 강물에 발을 담갔다. 기분이 무척 좋아졌다.

티데만은 시원한 바람을 맞으며, 깨끗한 물속에 발을 담근 채 잠시 동안 그렇게 머물렀다. 티데만은 숲에서 들려오는 소리에 귀를 기울였다. 오두막에서 매일같이 들었던 소리와 똑같았다. 대도시에서 나는 소리는 대체 어떨까?

그때 갑자기 뭔가 탁탁 치는 소리와 함께 누군가가 큰소리로 지껄이는 소리가 들려왔다. 티데만은 주위를 둘러보았다. 맞은편 강가 수풀 속에서 뭔가 움직이는 것이 보였다.

티데만은 얕은 강물을 건너 반대편 강가 언덕을 기어 올라갔다. 나뭇가지를 옆으로 젖히고 앞을 바라보니, 어떤 신사가 땅바닥에 무릎을 꿇고 있는 것이 아닌가. 뭔가를 찾는 듯 손으로 땅바닥을 파고 있었다. 얼굴은 품위 있고 깔끔하게 생겼는데, 입고 있는 옷은 지저분하기 짝이 없고 게다가 다 찢어져 있었다.

"안녕하세요. 순간을 찾고 있나요?"

티데만이 묻자 신사가 대답했다.

"아니. 지렁이를 찾고 있는 중이란다."

"무엇 때문에 지렁이를 찾는 거죠?"

"오늘 저녁 식사거리로 물고기를 낚으려고 해. 그러지 않으면 굶게 되거든."

"당신은 뭐 하시는 분이세요?"

티데만이 다시 물었다.

"회사의 사장이란다."

"아하, 사장님이란 지렁이를 구해서 물고기를 낚는 사람이군요."

그러자 사장이 화가 나서 씩씩거리며 말했다.

"아냐. 사장은 많은 일을 하고, 중요한 사항을 결정하며 다른 사람들에게 해야 할 일을 지시하는 사람이야. 난 배고프면 고급 식당으로 가서 잘 구워진 생선 요리를 먹곤 하지."

"그런데 왜 오늘은 고급 식당에 가지 않으세요?"

"그건 말이야."

사장이 언짢은 기분으로 대답했다.

"훈련을 하고 있기 때문이란다. 일주일 동안 이 숲에서 지내면서 대자연의 과일과 짐승들을 먹으며 살고 있지. 밤이면 숲 속에 있는 나뭇잎 몇 장을 이불 삼아 한데서 그냥 잠을 자고, 세수도 강물로 하고 있단다. 몸에 걸치고 있는 옷가지와

칼 한 자루, 낚시에 필요한 낚싯바늘과 줄 이외에는 아무것도 가지고 있지 않아."

"매일같이 고급 식당에 갈 수도 있으면서 왜 이런 일을 하는 거죠?"

"내 자신을 입증해 보이고 싶어서란다. 여기서 난 사람일 뿐이야. 그 밖엔 아무것도 아니지. 이런 경험을 통해 일하는 데 필요한 힘을 얻고, 삶을 살아가는 기쁨을 찾으려고 한단다. 내겐 아주 중요한 일이지. 난 아주 커다란 책임을 지고 있는 사람이거든. 일도 많이 하고 돈도 많이 벌고 있지. 그 돈으로 이 훈련에 참가하는 비용도 지불할 수 있었던 거고."

사장이 계속해서 지렁이를 찾기 위해 땅을 파고 있는 동안, 티데만은 곰곰이 생각했다. 비록 외형상으로는 지렁이를 찾으려고 땅이나 파는 허름한 뜨내기처럼 보여도, 분명 사장은 중요한 위치에 있는 사람이다. 그리고 중요한 직위에 있고 대단한 책임을 맡고 있는 사람임에 틀림없었다.

"하지만 좀 이해가 안 되네요."

티데만이 궁금해서 물었다.

"숲 속 생활에 만족하신다니까 매일같이 여기서 지낼 수도 있으실 테죠. 물론 돈 한 푼 안 들이고 말이죠. 그런데 어째서 이걸 하는 데 많은 돈을 지불한다는 거죠?"

"모든 것이 계획되고 준비되었기 때문이지. 그리고 그까짓 문제는 신경 쓰지 않아도 될 문제야. 매일 저녁 우린 회합을 갖고 있지. 또 다른 대도시 사람들이 이곳으로 오기로 했단다."

티데만은 점점 더 궁금해졌지만 더 이상 아무 말도 하지 않았다. 틀림없이 사장도 특이한 사람들 중의 하나라는 생각이 들었다. 대도시에는 특이한 사람들이 많이 있음에 분명했다. 그들은 모든 것을 설명해 줄 수 있었지만 많은 것을, 그 중에서도 순간과 같은 중요한 사항들을 잊어버렸다.

그들은 일을 많이 하고 돈도 많이 벌었다. 하지만 숲 속에서 지렁이를 찾아서 낚시하는 데 다시 많은 돈을 지출한다. 그게 돈을 들이지 않고도 할 수 있는 일임에도 불구하고. 그들은 많은 것을 소유하고 있지만, 누군가의 옆에 앉아 얘기를 나누거나 들을 시간은 거의 없었다.

대도시 사람들은 티데만에게 있어서 수수께끼 같은 존재였다. 사장을 만난 후부터 줄곧 그런 생각이 들었다. 문득 티데만은 사장이 지렁이를 찾는 데 성공했는지 알아보고 싶어졌다. 하지만 순간에 대해서는 더 이상 묻지 않기로 마음먹었다. 어느새 사장은 지렁이를 다 찾아냈다.

티데만은 조금 전에 가고 있던 넓은 도로로 다시 돌아가기 위해 강물을 건너갔다. 그러면서 어쩌면 보통의 방법으로 순간을 찾으려고 한다면 이렇게 잠시 곁길로 가 보는 일을 피해서는 안 될 거라고 생각했다.

한참 도로 위를 걸어가다 보니, 차들이 지나가기 시작했고 어느새 점점 많아져 앞뒤 방향에서 빠른 속도로 티데만의 옆을 지나갔다. 차들은 하나같이 티데만을 지나쳐 갔다.

티데만은 가끔씩 울려 대는 위협적인 경적 소리로 인해 깜짝 놀라 도로에서 벗어나기도 했다. 그럴 때면 귀를 막고 차들이 다 지나갈 때까지 도로 옆에 가만히 서서 기다렸다.

그러다가 티데만은 이제까지 지나간 차들보다 훨씬 더 큰 차가 뒤쪽에서 다가오는 것을 보았다. 다른 차들보다 더 요란스런 소리를 냈고 크기도 훨씬 컸다. 얼마나 큰지 작은 차

두 대는 거뜬히 위에 싣고 갈 수 있을 것 같았다. 티데만은 다시 도로 밖으로 비켜나 귀를 막았다.

그런데 그 차는 지나쳐 가지 않고 요란스런 소리를 내면서 티데만 옆에 멈춰 서는 것이 아닌가. 운전사가 문을 열며 큰 소리로 말했다.

"태워 줄까?"

티데만은 차에 올라탔다. 오랫동안 걸어왔던 탓에 몸은 많이 피곤했고, 도로는 아직도 끝이 보이지 않을 정도였다.

"난 트럭 운전사 붐바야. 어디로 가는 거니?"

"대도시로 가려고 해요."

티데만이 대답했다.

"그러려면 오랫동안 걸어야 할 텐데. 길이 워낙 멀어서 말이지. 그리고 또 위험하다고. 도로는 자동차가 다니기엔 괜찮지만 사람이 다니기엔 위험천만이거든."

"왜 사람들이 걸어 다니지 않는 거죠?"

"시간이 너무 많이 걸릴 수 있으니까. 자동차가 없었던 옛날에는 사람들이 그리 먼 곳까지 잘 다니지 않았어. 하지만 요즘엔 어디든지 가려고 하지. 그래서 자동차를 만들어 내게 되었던 거야. 한마디로 발전을 이루게 된 거라고나 할까."

"발전이라니요? 걸어 다니는 것이 아니라 차를 타고 다니는 게 발전인가요. 물론 좀 더 빨라지긴 했죠. 하지만 난 너무 어지러워요."

"어쨌든 그게 발전이라는 거야. 시간을 잘 활용해야 하거든. 시간은 금이잖아."

"시골에 있는 사람이 말해 줬어요. 대도시에 사는 사람들에게 시간은 금이라고요. 그런데 도시로 들어가는 도중에 벌써 이렇게 그 말을 듣게 될 줄은 몰랐군요."

"시간은 금이란다. 어디서나 그래. 정지한다는 건 퇴보를 의미하지."

예전에 트럭 운전사 붐바는 그저 조그만 차를 가지고 있었을 뿐이었단다. 그 차는 무척이나 느렸다. 그 탓에 운송량이 자연 적을 수밖에 없었고, 시간 또한 엄청나게 많이 소요되었다. 그러나가 좀 더 크고 좀 더 빠른 트럭을 구입하게 되었는데, 여전히 속도는 무척 느렸다.

"이 차는 내가 지금까지 몰았던 차들 중에서 가장 크고, 가장 빠른 트럭이란다."

붐바가 으스대듯 말했다.

"물론 예전엔 예정대로 일을 마치면 휴식을 취할 수 있었어. 오는 도중에 난 자주 쉬었지. 하지만 지금은 쉴 시간이 없어."

"그것도 역시 발전인가요?"

티데만이 물었다. 붐바는 고개를 끄떡이면서 트럭의 핸들을 꽉 잡더니 정신을 가다듬고 도로를 응시했다. 그리고 한동안 서로가 아무 말 없었다.

"언제쯤이면 대도시에 도착하죠?"

티데만이 불쑥 물었다.

"나도 몰라. 난 그저 소도시까지만 함께 갈 수 있어. 거기서부터는 기차를 타고 가거라."

"왜 아저씨는 대도시로 가지 않는 거죠?"

"시간이 없어. 소도시에서 내 짐을 내려놓아야 해. 그곳에서 짐을 새로 실어서 다른 소도시로 금방 운송해야만 하고, 또다시 거기서 새로운 짐을 싣게 되지. 그런 식으로 계속 일을 한단다, 매일같이."

순간 티데만은 기구 조종사 봉카에 대해 생각했다. 붐바와 봉카 두 사람은 약간 비슷한 점이 있으면서 한편으로는 달랐다. 티데만은 오랫동안 그 점에 대해 골똘히 생각했다. 그러는 가운데 소도시의 모습이 점차 시야에 들어왔다.

"기구 조종사 봉카는 목적지가 없었어요."

갑자기 티데만이 말했다.

"그렇지만 늘 어딘가에 도착해서 머무르죠. 아저씨는 목적지가 무척 많아요. 하지만 아저씨는 한 번도 머무르질 않는군요."

그러자 트럭을 운전하고 있던 붐바가 흥분하여 티데만을 쳐다보더니 혼잣말로 중얼거렸다.

"맞아, 맞아."

붐바의 머릿속은 벌써 소도시에 대한 생각이나, 다음 목적지로 이동할 생각으로 가득 차 있을 거라고 티데만은 생각했다.

어느덧 트럭은 도로에서 옆으로 방향을 바꾸어 소도시로 향해 가고 있었다. 붐바는 그곳으로 가는 방법을 잘 알고 있었다. 목적지 방향으로 열심히 트럭을 몰았고 드디어 커다란 건물 앞에서 차를 멈춰 세웠다. 사람들의 왕래가 매우 번잡했다.

"자 이제 다 왔어."

붐바가 말했다.

"여기서 대도시로 가는 기차에 대해 물어보거라. 말할 것도 없이 기차가 내 트럭보다 훨씬 빠르단다. 난 계속 가 봐야 해. 행운을 빌게."

차에서 내린 티데만은 기차역 입구에서 다시 한 번 뒤를 돌아보았다. 트럭은 이미 출발하여 모퉁이를 막 돌고 있었다. 그때서야 티데만은 트럭 운전사에게 순간에 대해 물어보지 않았다는 사실을 깨달았다. 하지만 한편으로는 물어봤어도 어떤 대답도 얻어 내지 못했을 거라는 생각도 들었다. 트럭 운전사는 순간을 어디에서 찾을 수 있는지 모르고 있었을 것이다. 설령 알고 있었다 하더라도 설명할 시간이 없었을 것이다.

기차역은 서 있거나 이리저리 왔다갔다 움직이는 사람들로 가득했다. 다들 기차와 함께 도착할 사람들을 기다리고 있었다.

사람들은 바닥을 발로 톡톡 치거나 옆으로 한 발짝 옮겼다가 다시 제자리로 돌아오기도 하면서, 대합실 쪽으로 뭔가를 찾는 듯한 시선을 보냈다. 그러면서 연방 팔목 쪽에 시선을 보냈다. 또 어떤 사람들은 서둘러 기차역 안으로 들어와 시간표 앞에 잠깐 서더니 다시 서둘러 움직였다.

그 누구도 티데만에게는 관심이 없었다. 대부분의 사람들이 티데만이 있는 쪽으로 눈길조차 보내지 않았다. 서 있는 사람들과 서두르는 사람들이 섞여서 빚어내는 와자지껄한 분위기 속에서, 티데만은 누군가가 잊어버린 짐짝처럼 그냥 조용히 서 있었다.

사람들은 스쳐 지나가기 바로 직전에야 비로소 티데만을 알아보았지만, 대개는 관심 없이 비껴서 지나칠 뿐이었다. 몇몇 사람들은 정신없이 뛰어가다가 티데만의 발에 걸려 넘어질 뻔하여 미안하다는 말을 하기도 했고, 어떤 사람들은 도리어 욕을 하거나 무뚝뚝하게 사과 한마디만 하고 가기도 했다.

"실례지만, 대도시로 가는 기차를 어디서 탈 수 있나요?"

티데만은 이렇게 사람들에게 여러 번 물어보았지만 대답을 얻을 수가 없었다. 정말이지 둥근 안경을 낀 호리호리한 신사가 옆에 멈춰 서지 않았다면 아마 기차역을 떠났을지도 몰랐다.

"나도 대도시로 간단다."

신사는 말했다.

"내 뒤를 따라 뛰어오너라."

티데만은 신사를 따라가는 데 무척 힘이 들었다. 그는 대합실의 소음을 뚫고 서둘러 입구를 지나 달려갔다.

신사는 마침내 코너를 돌더니 계단을 마구 올라갔다. 티데만은 계단을 거의 뛰어넘다시피 하며 올라갔다.

티데만은 짧은 다리로 가능한 한 최선을 다해 있는 힘껏 달렸다. 플랫폼에 올라오니 헐떡거릴 정도로 숨이 가빴다. 그때 신사가 말했다.

"서둘러야 해. 기차가 저기 와 있어."

신사를 따라 티데만도 기차에 올라 빈 객실을 따라 들어갔다. 신사는 자기 좌석 옆에 책 꾸러미를 놓고는, 주머니에서 한 장씩 뜯을 수 있는 종이 묶음과 연필을 꺼냈다. 그리고 꾸러미 중에서 책 한 권을 꺼내 읽기 시작하더니 메모를 하는 것이었다. 그러는 사이에 기차가 움직이기 시작했다.

티데만은 머뭇거리다가 신사의 맞은편 좌석에 앉았다. 보아하니 신사는 방해받고 싶지 않은 눈치였다. 티데만은 아무

말도 하지 않고 말없이 창 쪽을 쳐다보았다.

"뭐 하는 애니?"

마침내 신사가 입을 떼더니, 눈길은 보내지도 않은 채 다시 속삭였다.

"쉿!"

티데만은 가만히 있었다. 기차는 소도시를 떠나 아름다운 경관을 헤치며 달려가고 있었다. 이제 티데만의 머릿속에 다른 사람들 생각은 전부 달아나고 없었다. 덤불이며 초원들이 막 날아가는 듯했다. 정말이지 자신이 저 밖에서 날아가고 있는 듯했다. 공기를 잔뜩 들이마시며 멋진 풍경들을 쭉 훑어보고 있는 듯도 싶었다. 방금 본 나무가 금세 눈앞에서 사라져 버렸다. 객실 안에는 나무 냄새며 꽃 냄새는 전혀 나지 않고, 그저 땀 냄새와 플라스틱 냄새만 풍길 뿐이었다.

"난 지금 공부하고 있는 중이란다."

갑자기 신사가 말했다.

"뭐라고 하셨어요?"

티데만이 당황하여 묻자 신사가 말하기 시작했다.

"난 교사야. 사람들이 알아 두어야 할 것들을 가르치지. 그래서 여행을 할 때면 난 공부를 한단다. 수업을 할 땐 정신

집중이 중요해. 쉬지 않고 한 시간 동안 수업을 해야 하거든. 그 후에 10분간의 휴식 시간이 있지. 이게 효과적인 방식이란다."

"다른 사람들을 가르치는 선생님인데 왜 공부를 하세요? 모든 걸 다 알고 있으니까 아무것도 더 배울 것이 없을 텐데."

"물론 그렇게 생각할 수도 있지. 하지만 공부는 항상 필요하단다. 지구가 계속해서 돌고 있고 세상이 빨리 변화하고 있기 때문이지. 그러니 공부를 해야 해. 그러지 않으면 오늘이 어제가 되어 버리거든. 난 시간이 지나면서 잘못 인식되어진 것들을 사람들에게 깨우쳐 주고 싶단다."

"하지만 공부하는 동안 창밖은 한 번도 볼 수 없잖아요. 나무들이며 초원들이며 꽃들이며 강물들, 이러한 모든 것들도 마찬가지로 변화하고 있다고요. 그 사실은 모르시죠?"

"그건……, 중요한 게 아니거든."

교사가 대꾸했다.

"게다가 그러한 사실은 책 속에 다 적혀 있단다. 그러니 창밖을 볼 필요가 없는 거지."

"계속 공부하면 도대체 언제 모든 걸 다 알게 되나요?"

"결코 모든 걸 알 순 없어. 그렇기 때문에 일생 동안 공부해야 해. 공부하지 않는 자는 이내 아무것도 알지 못하게 될 테니까."

"하지만 일생 동안 공부만 해야 한다면 결코 성장하진 못하게 될 걸요."

"음……."

교사가 얼른 대답하지 못했다.

"넌 도대체 누구니?"

"전 순간을 찾고 있어요. 어디서 그걸 찾을 수 있는지 말해 주세요, 네? 당신은 선생님이잖아요."

교사는 이맛살을 찌푸리며 말했다.

"순간이란 헛된 시간이야. 찾는 걸 그만 포기하도록 해라. 만일 순간을 찾아다닌다면 네 시간만 낭비하는 거야. 설령 찾았다고 하면 더욱 낭비하는 거지. 차라리 공부를 하도록 해."

교사는 눈을 내리깔더니 계속해서 책을 읽기 시작했다. 간간이 메모를 하기도 했다. 그리고 더 이상 눈을 마주치는 일은 없었다. 정확히 10분간의 휴식이 끝났던 것이다.

티데만은 자신도 더 많이 공부해야겠다고 생각했다. 하지만 그전에 시간이 낭비된다 하더라도 순간을 찾고 싶었다. 그리고 순간이 어디에 있는지 교사가 알고 있을지도 모른다는 의혹을 갖게 되었다. 그렇지만 이것은 분명, 사람들이 아무리 알고 싶어 하더라도 교사가 결코 대답한 적이 없는 사실들이었다. 그렇다면 일생 동안 공부를 한다 해도 별 도움이 되지 않는다는 것인가!

기차가 대도시의 정거장에 도착했을 때, 티데만은 또다시 교사의 뒤를 따라갔다. 하지만 어수선한 분위기 속에서 교사는 순식간에 사라지고 없었다. 작별 인사를 할 시간조차 없었나 보다.

대도시의 기차역은 소도시의 기차역과는 비교할 수 없을 정도로 컸다. 또한 역 주위에는 엄청나게 많은 사람들이 서 있거나 이리저리 돌아다녔다. 그럼에도 불구하고 티데만의 다리를 건드리고 가는 사람이 단 한 명도 없다는 건 거의 기적에 가까웠다. 티데만은 역에서 쏟아져 나오는 사람들의 물결 속에서 모처럼 자유롭게 움직일 수 있었다.

티데만은 역 앞 광장에 멈춰 섰다. 아는 사람도, 아는 곳도 없이 과연 어느 쪽으로 가야 할지 곰곰이 생각했다. 사람들은 하나같이 바쁘게들 지나가고 있었다. 더 이상 쓸데없이 길을 묻고 싶지 않았다. 더욱이 지금은 어디로 가야 할지도 잘 모르고 있는 상황이 아닌가.

결국 티데만은 목적지 없이 도로를 달려갔다. 대도시의 도로 역시 그 끝을 찾기 힘들어 보였다. 얼마나 멀리 가든 관계없었다. 가면서 보니 대도시에는 숲이며 초원이 눈에 띄지 않았다.

티데만은 집들이 즐비한 곳을 지나 왼쪽으로 길을 돌아 달렸다. 그러다가 공원들이 나타나면 발걸음을 천천히 했다. 공원은 마치 수많은 집들 사이에 고립되어 있는 것처럼 보였다. 그는 다시 오른쪽으로 방향을 바꾸어 달렸다.

한참을 달리던 티데만은 갑자기 한 건물 앞에 멈춰 섰다. 이제껏 보아 왔던 오두막이나 집, 그리고 기차역들보다 훨씬 큰 건물이었다. 건물의 노란 벽들은 수많은 유리창들에 의해 두 부분으로 나뉘어져 있었다. 유리창의 크기는 지금껏 달리면서 지나온 집들의 유리창 크기와 비슷했다.

티데만은 건물 앞 공원을 지나 구부러진 길을 달려 건물의 한가운데에 나 있는 시커멓고 묵직한 문 앞에 다다랐다. 티데만은 커다란 철제 손잡이를 아래로 움직여 보았다. 하지만 그 문을 열기에는 힘이 너무나 부족했다.

그 순간 도로변에 버스 한 대가 멈춰 섰다. 수많은 사람들이 버스에서 내리더니 건물 쪽으로 달려왔다. 그들은 건물과 얼마 떨어지지 않은 곳에 멈춰 섰다. 티데만은 그리로 달려갔다.

사람들은 작은 검은색 장비를 얼굴에 갖다 대더니 손가락으로 윗부분을 연신 눌러 댔다. 그것은 사진을 찍는 카메라였다.

"저기요. 저 문을 좀 열어 주시겠어요?"

티데만이 어떤 부인에게 부탁했다. 부인은 카메라를 얼굴로부터 떼고는 내려다보며 대답했다.

"안 되겠구나. 우린 저 성 안에 들어갈 시간이 없단다."

그러고는 다시 카메라를 얼굴에다 갖다 대고 몇 차례 서터를 눌렀다가 밑으로 내리곤 했다.

"넌 왜 사진을 찍지 않니?"

부인이 물었다.

"우린 성을 찍고 있단다. 그러면 나중에 집에 돌아가서 볼 수 있거든."

"전 여기서 성을 직접 보고 있는 걸요."

티데만이 대꾸했다.

"왜 편하게 여기 성 안을 들여다보지 않는 거죠? 직접 볼 수 있을 뿐 아니라 들을 수도 있고, 냄새 맡을 수도 있고, 만져 볼 수도 있고, 또 들어갈 수도 있는데요."

"우린 그럴 시간이 없단다. 하루 동안에, 될 수 있는 한 이 대도시의 많은 것들을 봐야 하거든. 사진도 찍어야 하고."

"사진만 모으고, 정작 사진 찍은 대상들에 대해선 직접 경험하려 하지 않으시는군요?"

"가능한 한 많은 것들을 보고 싶어서 그렇지."

"많이 보면 볼수록 눈은 점점 멀게 돼요."

티데만이 말했다.

"많이 들으면 들을수록 귀는 점점 멀게 되고요."

부인은 한동안 아무 말 없이 사진만 계속 찍어 대더니 티데만에게 물었다.

"그런데 넌 어디 사는 애니?"

티데만이 대답했다.

"아무 데도 안 살아요."

"그럼 우리와 함께 가자꾸나. 다른 성이며 유명한 기념물이며 탑을 관광하러 계속 이동할 예정이거든."

티데만은 단체로 온 사람들과 함께 가기로 했다. 하지만 나중에 그는 자신이 보았던 것들을 전혀 기억해 내지 못했다. 티데만이 호기심을 가지고 몇몇 사람들과 함께 성이며, 기념물이며, 탑을 보려 할 때마다 다른 사람들이 이미 버스에 올라타 기다리고 있었던 것이다.

티데만은 그들과 함께 호텔에 투숙했다. 부인이 티데만을 급히 방으로 데려다 주면서 빨리 잠자리에 들라고 재촉했다. 다음날 아침 제시간에 일어나야 한다는 것이었다. 티데만은 부인의 말을 이해할 수 없었다.

부인이 돌아가자 티데만은 침대에서 일어나, 창문턱에 앉아 대도시의 빌딩 꼭대기와 휘황찬란한 불빛으로 둘러싸인 시가지를 바라보았다. 눈앞에 펼쳐져 있는 불빛들이 마치 숲속 오두막에 있을 때 자신의 머리 위에서 빛나던, 하늘에 떠 있는 수많은 별들처럼 느껴졌다.

티데만은 한참 동안 거기에 앉아, 혹시라도 순간을 사진으로 찍을 수 있을 것인지 곰곰이 생각해 보았다. 하지만 그렇게 되면 순간을 직접 경험할 수 없게 될 건 뻔한 사실이었다. 티데만은 자신이 순간을 발견하게 된다면 마음속 깊이 간직할 수 있을 거라고 생각했다. 그러다가 이내 잠자리에 들었다.

티데만은 귀가 찢어질 듯 요란스런 벨소리에 놀라 잠에서 깨어났다. 처음에는 자신이 어디에 있는지 어리둥절했다. 창문을 바라보니 먼동이 트고 있었다. 그제야 자신이 대도시에 있다는 사실이 생각났다.

"안녕. 난 자명종이야. 일어나라구!"

귀에 거슬리는 양철 소리가 이렇게 명령을 하는 게 아닌가. 티데만은 아직도 몸이 피곤한데 왜 잠자리에서 일어나야 하는지 그 이유를 알 수 없었다.

"기상!"

그 목소리가 또 한 번 명령했다.

"6시 30분이야."

"누가 말하는 거지?"

"자명종이라니까."

그제야 티데만은 침대 옆 작은 탁상 위에 놓여 있는 자명종을 발견하게 되었다. 자명종에는 사람의 귀처럼 두 개의 종이 달려 있었으며, 시계 바늘로 손짓을 하고 있는 게 아닌가.

"왜 자꾸 시끄럽게 그러는 거야?"

티데만이 화가 나서 물었다.

"난 더 자고 싶단 말이야."

"너를 깨우는 게 내 임무야. 더 자면 안 돼."

"왜 안 돼? 피곤해 죽겠는데."

"6시 30분이란 말이야."

"그래서 어쩌라고?"

"6시 30분은 그만 기상하라는 의미야."

"그건 생각하기 나름이야."

"아냐, 그렇지 않아. 그건 객관적인 견해야. 6시 30분은 6시 30분이지."

"도대체 6시 30분의 의미가 뭐야? 처음 듣는 말인데."

"6시 30분은 시각을 말하는 거야. 그나저나 그러는 사이에 6시 35분이 됐어. 벌써 5분을 허비해 버린 거지."

"시각이 뭔데?"

그러자 자명종이 대답했다.

"시각은 삶의 원동력이야. 다시 말해서 언제 잠자리에서 일어나는지, 언제 식사하는지, 언제 일하러 가는지, 언제 버스나 기차가 출발하는지, 언제 만날 약속이 있는지, 그리고 언제 잠자리에 들어야 하는지를 알려 주는 것이지. 그러니까 시각은 음식이나 음료수처럼 중요한 거야. 아니 어쩌면 더 중요한 것인지도 몰라. 숨 쉬는 데 공기가 필요한 것과 마찬가지지. 몇 시인지를 언제나 알 수 있는 건 바로 시각 때문이야. 시각 없이는 그 누구도 살 수 없다고."

"난 살아 있고 여태 시각이 무엇인지도 몰랐어."

티데만이 대꾸했다. 그러자 자명종이 말했다.

"그게 사실 이상한 거지."

"아니 6시 30분이 정확한 기상 시각이라는 걸 대체 누가 결정하는 건데?"

"내가 하지."

"네가 뭔데?"

"너의 자명종이지."

티데만은 자명종을 노려보고는 가능한 한 빨리 호텔을 떠나기로 마음먹었다. 자명종이 분명 계속 잠을 자게 하든 자지 못하게 하든, 사사건건 간섭할 거라는 생각이 들었다.

자명종이 약간 당황한 듯 마지막으로 짧게 울어 대자 그는 곧장 문을 열고 나가고 싶어졌다. 티데만은 주위를 한번 둘러보았다.

"나 없이 넌 살 수 없어."

자명종이 거만하게 귀에 거슬리는 양철 소리를 질렀다.

그 바람에 티데만은 깜짝 놀라 자명종을 흘겨보았다.

이게 바로 순간이었을까! 하지만 이것이 자신이 찾는 순간일 수는 없었다. 더 많은 순간들이 분명 있을 텐데. 어쩌면 엄청나게 많을 거라고 티데만은 생각했다. 이러한 순간은 차라리 생기지 말았으면 더 좋았을 걸 그랬다.

티데만은 목적지도 없이 대도시의 도로를 따라 다시 뛰기 시작했다. 그러다가 길모퉁이에서 둥글고 커다란 시계를 하나 발견하게 되었다. 그 시계는 어떤 건물 외벽에 걸려 있었는데 자명종과 비슷해 보였다. 하지만 자명종보다 훨씬 크고 귀처럼 생긴 종은 없었다.

티데만은 제자리에 서서 시계를 살펴보았다. 그런데 시계 바늘이 천천히 앞으로 나아가고 있는 것이 아닌가. 누가 보아도 분명히 알 수 있게 하나는 또렷하게, 다른 하나는 아주 느릿느릿 가고 있었다.

정말 시계 바늘은 그렇게 움직이고 있었다. 하지만 그 바늘을 밀어 보내거나, 바늘이 움직이도록 태엽을 돌리는 그 무엇도 보이지 않았다. 티데만은 지나가는 사람에게 어찌 된 영문인지 물어보았다.

"저 시계는 전기를 써서 자동으로 가는 거란다."

지나가던 사람이 웃으며 설명해 주었다.

"시 외곽에 발전소가 있지. 전선을 통해 전기가 도시 안으로 송전되고, 시계도 움직이게 하지. 진짜 발전 많이 했지."

티데만은 발전했다고 말하고 있지만 시계 바늘이 저렇게 천천히 가고 있다는 사실이 정말 이상했다. 그러면서 발전에 발전을 거듭하게 되면 언젠가는 시계 바늘이 지금보다 더 빨리 갈 수도 있을 거라고 생각했다.

갑자기 티데만은 시계가 엄청나게 많이 진열되어 있는 가게를 발견했다. 커다란 시계, 작은 시계, 두꺼운 시계, 얇은 시계, 정사각형 시계, 둥근 시계 등등. 저마다 진열창을 통해 시간을 알려 주고 있었다. 티데만은 가게 안으로 들어갔다. 곳곳에서 째깍째깍 소리가 들려왔다.

티데만은 커다란 나무 케이스 속에 매우 멋지게 장식되어 있는 시계 쪽으로 다가갔다. 그 시계는 숫자판이 작았고, 기다란 추가 두 개의 태엽 사이에서 왔다갔다하고 있었다.

"진짜 수공품이란다."

티데만 뒤에 서 있던 가게 주인이 말했다.

"일주일에 한 번만 손으로 태엽을 감아 주면 돼. 그러면 시계가 자동으로 움직이지."

그러자 티데만이 흥분해서 소리를 질렀다.

"와우. 그러니까 너무나 많이 발전해서 전기 없이도 시계가 움직인다는 말이군요."

가게 주인이 빙그레 웃었다. 티데만은 다시 한 번 주위를 둘러보았다. 째깍째깍거리는 시계 소리를 듣다 보니 정신이 없었다.

"굉장히 많은 시계를 갖고 있네요. 항상 지금이 몇 시인지 알려고 그러는 거예요?"

티데만이 묻자 가게 주인이 대답했다.

"아니, 난 그저 시계를 팔고 있단다. 사람들은 시간이 몇 시인지 궁금해하거든."

"난 안 그래요. 오늘 아침만 해도 자명종이 내 잠을 방해했지요. 시각만 없었다면 지금까지도 자고 있을 텐데. 시간을 멈출 수 있었으면 좋겠어요."

티데만이 시계의 커다란 바늘을 손으로 잡자 약간의 움직임이 느껴졌다. 그래서 그는 바늘이 앞으로 나아가지 못하도록 더욱더 꽉 쥐었다. 마침내 티데만은 득의에 찬 표정으로 가게 주인에게 말했다.

"난 시간을 멈출 수 있어요."

"시계를 멈출 수는 있겠지만 시간은 그럴 수 없단다."

가게 주인이 이의를 제기했다.

"왜 그럴 수 없다는 거죠?"

"아무리 시계를 멈춘다 해도 시간은 계속해서 흐르거든. 나중에 누군가를 만나서 그가 차고 있는 시계를 보게 되면, 시간이 계속 흐르고 있다는 것을 알게 될 거야."

"하지만 이 도시 안에 있는 모든 시계들을 멈춰 버린다면 어떻게 되죠?"

"그렇게 하더라도 시간은 계속 흐르지. 다른 도시로 가 보면 알 수 있을 거야. 그곳의 시계들마저 정지되어 있는 건 아니니까."

"그러니까 모든 도시의 시계를 모두 멈춰 버린다 해도 시계는 계속 움직일 거라는 말이군요."

"음, 어쩌면 그럴 거야. 어쨌든 시간은 계속 흘러가. 뭘 어떻게 하든 상관없이. 아무도 그걸 알아채지 못한다 해도 말이야. 다만 확실한 건 사람들은 시간을 어떻게 해 보겠다는 생각을 갖지 않는다는 거야."

"왜 그렇죠?"

"시간이 몇 시인지 항상 궁금해하는 사람들의 습성 때문이지."

티데만은 실망하여 시계 바늘을 쥐고 있던 손을 놓아 버렸다. 가게 안에는 시계도 정말 많았고 사람들도 너무나 많았다.

"그런데 넌 시계를 찾고 있니?"

가게 주인이 물었다.

"아뇨. 순간을 찾고 있어요. 하지만 속상하게도 그게 어떻게 생겼는지 잘 모르겠어요."

"그걸 말로 표현하기란 힘들단다. 애당초 불가능한 일이야. 순간이란 너무나 부정확한 것이거든. 하지만 10초는 10초고 3분은 3분이야."

"그리고 6시 30분은 6시 30분이죠."

티데만이 거들고 나서자 가게 주인이 동의했다.

"맞았어. 한 시간은 어찌 됐든 한 시간이야. 너무나 간단하고도 확실한 사실이지. 그러지 말고 시계를 사는 게 어떻겠니? 그렇게 되면 시각이 어떻게 되는지 늘 알 수 있잖아."

하지만 티데만은 가게 주인의 말에 동의하지 않았다. 시계가 진실을 보여 주지 않을지도 모른다는 의구심이 들었다. 숲 속에서의 시간과 대도시 도로에서의 시간은 같지 않았으며, 기차에서 교사와 지낸 시간과 시골 광장에서 만났던 시골 사람과 지낸 시간 역시 달랐다. 그리고 아이와 함께 논 시간은 시계와 연관 지어서는 안 될 것만 같았다.

시간과 마찬가지로 순간 역시 부정확하거나, 아니면 시간보다 더 부정확할 수도 있음에 틀림없었다. 물론 시간이란 언제나 시계를 근거로 해서 찾을 수도 있겠지만, 티데만이 생각하기에 시계를 근거로 순간을 찾기란 헛된 일이라는 것만은 분명한 사실이었다.

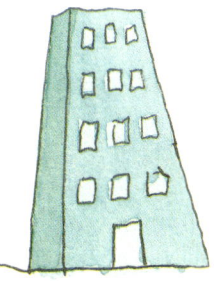

　　　티데만은 다시 대도시 시가지를 달려가면
서 어떤 건물 앞을 지나가게 되었다. 사방으로 똑같은 크기
의 유리창이 많이 달려 있는 회색 정사각형의 건물이었다.

　티데만은 똑같은 문들이 죽 늘어서 있는 복도를 가로질러
몇 계단을 올라갔다. 그리고 다음 계단에서 한 층 더 올라갔
다가 다른 복도 쪽으로 내려가 보았다. 헷갈릴 정도로 예전
에 보았던 것과 흡사했다.

　대부분의 문들이 잠겨 있었다. 몇 계단 아래에서 어떤 소
리가 조그맣게 들려왔다. 하지만 복도에는 아무도 없었다.
사람도, 그 어떤 생물체도 보이지 않았다. 가만히 보니 복도
끝에 있는 문 하나가 열려 있는 게 보였다. 밖으로 불빛이 새
어 나오고 있었다.

　티데만은 안을 들여다보았다. 회사원 하나가 책상 옆 서류

더미 위에 몸을 구부린 채 앉아 있었다. 티데만을 발견하자 그는 티데만을 쳐다보며 억지로 미소를 지었다.

"안녕하세요? 뭘 하고 계세요?"

티데만이 묻자 회사원이 대답했다.

"일하고 있지."

어쩌면 저 사람이 오래전에 자기와 놀았던 꼬마의 아버지 일 거라는 생각이 들었다.

"왜 일하세요? 미래를 생각해서요?"

"아니, 그렇진 않아. 살아 있으니까 일하지. 일주일에 7일 동안 매일같이 일하고 있어. 그것도 아주 많이."

"왜 그렇게 일을 많이 하세요?"

"잊어버리기 위해서지."

"뭘 잊어버리려고요?"

"내게 친구가 없다는 사실을."

"왜 친구가 없으세요?"

"너무나 일을 많이 해서지."

그 말을 듣고 티데만은 마음이 슬퍼졌다. 그럼 그냥 일을 조금만 하면 될 텐데, 그렇게 되면 친구를 사귈 시간도 있을 텐데, 그리고 친구가 생기면 자연스레 일도 그리 많이 하지 않게 될 텐데, 하고 생각했다.

"한때는 내게도 친구가 있었지."

회사원이 얘기하기 시작했다.

"그런데 죽어 버렸지. 그때도 난 일을 아주 많이 했어. 그래서 오랫동안 슬퍼할 시간이 없었단다."

티데만은 마음이 더욱 아팠다.

"슬퍼할 시간이 없다는 건 정말이지 도움이 돼. 그러니까 덜 고통스럽더군."

"슬퍼할 시간이 없다면 사랑할 시간도, 행복할 시간도 없다는 건데요."

티데만이 대꾸했다.

"난 사랑할 시간도, 행복할 시간도 필요 없어."

"왜 필요 없어요?"

"그 시간도 일하는 데 써야 하기 때문이지."

회사원은 슬픈 표정을 지으며 의자에 몸을 기대었다. 계속 일할 마음이 싹 가셔 버렸다. 적어도 이 순간만은 그랬다. 지금은 일도 필요 없었다. 수년 동안 지내 오면서 처음으로 친구를 사귀어 보고 싶은 기분이 들었나 보다.

티데만은 호기심을 가지고 회사원의 동정을 쭉 살폈다. 그러고는 창가에 서서 밖을 보면서 곰곰이 생각했다. 그를 돕고 싶은 마음이 생겼다. 일은 회사원에게서 사랑할 시간도, 행복할 시간도 모두 빼앗아 가 버렸어. 하지만 정작 슬픔은 가져가지 않았단 말이지.

"내게 좋은 생각이 있어요."

티데만이 궁리 끝에 말했다.

"아저씨 말대로, 아저씨의 일주일은 7일이에요."

"일주일은 모든 사람에게나 다 7일이지."

회사원이 당연하다는 듯이 말했다.

"맞아요. 하지만 아저씨의 경우에는 일만 하기 때문에 하루하루가 매일 똑같은 거죠. 자, 일주일을 8일로 만든다고 가정해 봐요. 그러면 이 8일째 되는 날 아저씨의 영혼을 편히 쉬게 할 수도 있고, 여행을 할 수도 있고, 또 아저씨가 원하는 일을 그냥 할 수도 있을 거예요. 뭘 하시고 싶으세요?"

"일해야겠지 뭐."

회사원이 말했다. 그리 오래 생각하는 것 같지 않았다.

"8일째 날에는 일하는 것이 금지되어 있다고요."

티데만이 따지듯 말했다.

"뭘 하실 거죠?"

"그럼 아무것도 안 할래."

"오늘도 이미 아무것도 하지 않았던 거 아닌가요?"

"아무것도 안 하는 게 나한텐 진짜 일인지도 몰라."

티데만은 설득을 포기하고 작별 인사를 하기 위해 문 앞으로 와서 한 번 더 몸을 돌렸다. 그러나 회사원은 이미 또다시 서류 더미 위에 몸을 숙인 채 슬픈 표정으로 앉아 있었다.

제발 그에게 오랫동안 슬퍼할 시간이 없었으면, 하고 티데만은 생각했다. 그러니 회사원이 순간을 찾아낸 적도 당연히 없으리라. 매일같이 일을 했으니 놀랄 만한 일도 아니었다. 하지만 8일째 되는 날 순간을 찾아낼 수 있다면 어떻게 되는 거지? 8일째 되는 날이라는 게 없으니까 그렇다면 순간도 존재하지 않는 거겠지.

티데만은 우울한 심정으로 회사를 빠져나왔다.

　도심을 달리면 달릴수록, 더욱더 높이 솟아 있
는 빌딩들이 눈에 들어왔다. 형태도 거대한 성냥갑 모양이
아니라, 높이 뻗어 있는 탑 모양을 하고 있었다. 어떤 빌딩들
은 얼마나 높은지 꼭대기가 하늘에 떠 있는 구름까지 거의
닿을 정도였다.

　계속해서 걷던 티데만은 주위 어떤 건물들에 비해 유난히
우뚝 솟은 탑 앞에 멈춰 섰다. 고개를 들어 위를 쳐다보니 끝
이 보이지 않았다. 구름 속까지 뻗어 있어서, 그야말로 그 끝
이 어디인지를 전혀 알 수 없을 정도였다.

　티데만은 문으로 가서 초인종을 눌렀다. 윙윙거리는 소리
가 나지막이 들리더니 문이 열렸다. 고상하게 차려입은 남자
가 시원한 분위기의 로비에서 티데만을 맞이했다.

　"어서 오너라."

　남자가 말했다.

"너를 기다리고 있었다. 모니터를 통해 네가 오고 있는 것을 보고 있었지. 난 모든 것을 보고 들을 수 있기 때문에 다 알고 있단다. 난 항상맨(Herr Jederzeit)이야. 내 원칙은 이렇지. 늘, 어디서나 그리고 즉시."

"여기서 뭘 하세요?"

티데만이 궁금해서 묻자 그는 열정적으로 대답했다.

"연락을 맡고 있지. 늘, 어디서나 그리고 즉시. 난 연락을 해 주기 위해 존재하는 거란다."

"무엇 때문에 연락하는 일을 맡고 있죠?"

"연락을 해 주기 위해서지. 하지만 언제나 연락을 할 수 있었던 건 아니야. 이리 와 봐. 네게 보여 줄 게 있어."

두 사람은 넓고 구부러진 계단을 따라 위로 올라갔다. 층층이 복도가 길게 나 있었다.

"여기 아래층은 모두 예전에는 서재였어."

항상맨이 열심히 설명해 주었다.

"누군가가 내게 편지를 보내면, 내 밑에서 일하는 친구들이 답장을 해 주었지. 펜으로 종이에 글을 써서 말이야. 답장이 전달되기까지는 몇 주일이라는 오랜 기간이 걸렸어."

그들은 육중한 문—지나자마자 요란스럽게 닫혔다—을

지나 계속 위로 계단을 올라갔다.

"이 층에는 온통 사무실이 있었지. 내 밑에서 일하는 친구들이 타자기로 편지를 타이핑했지. 좀 빨라지긴 했지만 여전히 며칠이 걸렸어. 게다가 다 쓴 편지는 발송되어야만 했는데, 그러려면 또 며칠이 걸렸지."

또 한 번 두 사람은 육중한 문을 지나가게 되었는데, 이번에도 지나자마자 요란스럽게 문이 닫혔다. 계단의 폭은 아까 아래층보다 훨씬 좁았으며, 펼쳐져 있는 복도 역시 훨씬 짧았다. 높이 올라가면 갈수록 탑의 둘레가 점차 좁아지고 있는 듯했다.

"이 복도에는 전화기가 있었지. 그래서 궁금한 게 있는 사람은 전화를 걸어 답을 들을 수 있었어. 물론 답을 주는 것역시 곧바로 이루어지지는 않았지. 내 밑에서 일하는 친구들이 원하는 정보를 종종 구해 줘야만 했거든. 하지만 그들이 저녁이나 주말에 집에 있어 버리면 정보를 줄 수 없었어."

"아저씨 밑에서 일하는 사람들은 지금 어디 있죠?"

"지금은 아무도 없어. 발전했다는 증거지."

"그럼 지금은 질문을 받으면 누가 대답해 주나요?"

"나 혼자서 해. 점점 더 빠르게 처리하고 있단다. 늘, 어디서나 그리고 즉시."

"어떻게 하시는데요?"

항상맨은 대답을 하는 대신 더 위 계단으로 올라가더니 세
번째 문을 지나갔다. 이번에도 문이 덜컥 닫혀 버렸다. 이번
계단 역시 더 좁아져서 둘이서 나란히 걸어가기가 힘들 정도
였다. 티데만은 위를 쳐다보았다. 하지만 계단이 어디에서
끝이 나는지 알 수 없었다.

"얼마나 더 높이 올라가야 하죠?"

티데만이 물었다.

"다 왔어."

그가 대답했다.

"당분간은 더 높이 올라가지 않을 거야. 언젠가는 틀림없
이 더 올라가겠지만 어쨌든 오늘은 여기서 끝이야."

항상맨은 문을 열고 어떤 방 안으로 들어갔다. 그곳에 있
는 수많은 모니터들 속에는 여러 가지 화면들이 뒤섞여 있었
다. 스피커에서는 음악과 보고 내용이 계속 흘러나왔고, 모
니터 화면에서는 자막이 비춰지다가 다시 사라지곤 했다.

신의 힘이 모여진 중앙 통제실이거나 이와 비슷한 장소임
에 틀림없어 보였다. 이곳에서 신은, 선상(船上)을 지휘하는

선장처럼, 세상의 운명을 조종하고 있는 듯했다. 물론 항상
맨은 신이 아니었다. 하지만 그는 모든 것을 보고 들을 수 있
었다. 신이라고 해도 늘, 어디서나, 즉시 연락을 해 줄 수는
없었으리라.

"여기서 난 세상과 이야기를 나누지."

항상맨이 말하자 티데만이 물었다.

"여기가 어디죠?"

"여기는 세상 전역에 걸쳐 있는 곳이란다. 이곳에서 난 언
제나 즉시 연락을 해 주고 있지."

그러더니 티데만에게 창문 쪽을 보라고 눈짓했다. 두 사람
은 커다란 도시 속에 펼쳐져 있는 건물들을 내려다보았다.
그들이 지금 머물고 있는 높이에까지 이르는 건물은 하나도
없었다.

항상맨은 모니터 화면 앞으로 가서 타자기의 자판을 만지
더니 뭔가를 타이핑했다. 그러고 나서 마이크를 통해 말을
하기 시작했다. 눈은 모니터 화면의 움직임에 고정시킨 채,
스피커를 통해 흘러나오는 뉴스를 주의 깊게 들으면서 계속
해서 타이프를 쳤다.

티데만은 아직까지도 창가에 서서 밖을 내다보고 있었다.

몇 덩어리의 구름이 옆을 지나갔다. 아래쪽을 내려다보니 탑
은 그야말로 하늘까지 우뚝 솟아 있는 것이었다.

언젠가는 탑 꼭대기에 다다를 수 있지 않을까 하는 의문이
갑자기 생겨났다. 항상맨은 여전히 말을 하면서 타이프를 치
고, 모니터를 주시하면서 계속해서 귀를 기울이고 있었다.

그때 티데만이 물었다.

"어디가 시작이고, 어디가 끝이죠?"

"나도 잘 모르겠어."

그가 대답했다.

"늘 동시에 여러 가지 일들을 처리하다 보니, 모든 게 절반
만 끝이 난단다. 언젠가는 한번 일을 아무것도 처리 못 한 적
도 있어. 종종 통찰력을 상실할 경우도 있지만 늘 연락을 해
주고 있지. 그러지 않으면 전화 연결이 안 되어 버리거든. 지
구상의 어딘가에는, 예컨대 파리나 뉴욕이나 혹은 카트만두
(네팔의 수도:역주)에는 내가 연락을 취할 수 있는 누군가가
늘 존재하고 있지."

"하지만 말할 거리가 없으면 어떻게 되죠?"

항상맨은 어깨를 으쓱하더니 다시 모니터 화면 쪽으로 얼
굴을 돌렸다.

"잠깐만 기다려! 방금 연락이 와서 답변을 해 줘야 해."

그는 다시 입을 마이크에 대고 말했다. 그리고 화면에 나타나고 있는 자막을 읽으면서 뭔가를 타이핑했다.

"만일 연락을 놓치게 되면 어떻게 되는 거죠?"

티데만이 궁금해서 물었다.

"상관없어. 하지만 별로 좋은 일은 아니야. 그러니까 결코 그런 일이 생겨선 안 되지."

티데만은 으스스한 기분이 들었다. 창밖에는 구름 덩어리가 더욱 많아졌다. 구름이 가라앉은 건지, 아니면 탑이 계속 솟아오르고 있는 것인지 모를 일이었다.

갑자기 두려운 생각과 함께 별로 탐탁지 않은 기분이 들자 티데만이 말했다.

"나 밑으로 내려갈래요."

"왜 그래?"

항상맨이 물었다.

"난 지금 순간을 찾고 있어요. 그 일을 시작했으니 찾는 걸 끝내야 해요. 하지만 이 탑 안에는 시작도 없고 끝도 없잖아요. 여기서 순간을 찾기란 분명히 힘들 거예요. 그러니 다시 밑으로 내려가는 방법을 알려 주세요."

"방법이 있긴 한데 단 한 가지밖에 없어서 말이야."

항상맨이 캐비닛 문을 열어 감겨 있던 밧줄을 풀었다. 탑 높이가 얼마가 되든 상관없을 만큼 밧줄은 엄청나게 길어 보였다. 항상맨은 창문을 열고 밧줄을 내려뜨렸다. 그때 스피커에서 찌직찌직 소리가 났다.

"미안하다. 방금 연락이 와서 곧 답장을 보내 줘야 해."

사내는 책상 쪽으로 달려가면서 말했다.

티데만은 창가 의자 위로 기어 올라가 밧줄을 잡았다. 그리고 한 손 한 손 손을 바꿔 가며 천천히 창문을 타고 내려와서, 마침내 양 발이 땅바닥에 닿게 되었다.

바로 이때 그는 땅바닥에서 순간을 찾았다. 만일 구름 위에서 티데만이 순간을 찾았다면 별 소용이 없었을 것이다. 거기서는 찾았다 해도 순간과 함께 혼자 머물러 있어야 했었을 테니까.

　　**티데만은** 하늘까지 솟아 있는 건물들이 즐비한 도심을 재빨리 빠져나왔다.

　　티데만은 잠시 공원에 머물면서 자신이 대도시에 와 있다는 생각을 잊을 수 있었다. 티데만은 다시 걷다가 공원 주위에 쳐져 있는 울타리와 맞닥뜨렸다. 거기로부터 얼마 떨어지지 않은 곳에 성처럼 생긴 훌륭한 건물이 서 있었다. 하지만 철조망 울타리로 인해 길이 막혀 있었다. 그 건물엔 분명 커다란 걱정거리를 안고 있는 사람이 살고 있을 거라고 티데만은 생각했다.

　　티데만은 울타리가 쳐진 건물 주위를 달려 아치형으로 된 문 앞에 다다랐다. 화려한 제복을 입은 건장한 경비원들이 입구에 서 있었다.

　　"여기 살고 있는 분은 누구세요?"

　　티데만이 묻자 한 경비원이 말했다.

"대통령이시란다."

"대통령을 한 번도 만나 뵌 적이 없는데 들어가 뵈어도 될까요?"

"그분은 시간이 별로 없으시단다. 나라를 다스려야 하시거든. 그뿐만 아니라 중요한 손님들을 기다리시지. 혹시 네가 그 손님이 아니니?"

티데만은 무례를 범하지 않도록 조심하면서 고개를 끄떡였다. 그 덕분에 안으로 들어갈 수 있었다. 티데만은 대통령궁을 향해 자갈길을 달려가 거대한 출입 계단을 올라갔다. 뚱뚱한 신사 한 사람이 붉은 카펫이 깔린 곳에서 기다리고 있다가 그에게로 다가왔다.

"안녕. 난 대통령이야. 시간이 그리 많지 않지. 이미 3분 동안 너를 기다리고 있었단다. 네가 탄 차를 몰던 운전사가 늑장을 부렸니? 아마 교통 법규를 모조리 잘 지켰나 보구나. 난 늘 말하지, 도로 교통 법규를 지키는 자는 가만두지 않겠다고. 그래서 지금 곧 교통 법규 관련 법 조항들을 모두 폐기하는 법령을 공포하려고 해."

"하지만 저는…… 걸어서 왔는데요."

티데만이 조심스럽게 말했다.

그러나 대통령은 티데만의 말을 듣지 않았다. 그는 정치가 였다. 따라서 무조건 다른 사람들이 그의 말을 들어야 했다.

"꾸물대는 것은 퇴보의 지름길이야."

계속해서 대통령은 말을 이었다.

"게으름은 발전 저해 요소란 말이야. 만일 이와 다른 생각을 가지고 아무것도 하지 않는다면, 우리의 경제는 절망적으로 그냥 곤두박질치고 말 거야. 그리 되면 복지 제도 역시 엉망이 되고 말지. 투르보니아에 있는 학식 있는 교수가 터보―독서 방식을 고안해 냈어. 이 방법을 쓰면 법조문을 읽는 데 불과 30초면 되고, 책 한 권을 읽는 데는 10분이면 되지. 그리고 투르보니아 사람들은 연애 편지를 쓰는 데 고작 8초밖에 안 걸려. 아무리 중요하게 여기고 있는 일이라도 금방 해결하고 있지. 그래서 우리 비밀 정보 기관에서는 터보―독서 방식의 비밀을 가능한 한 빨리 파헤치려고 노력하고 있어. 터보―독서 방식 덕분에 투르보니아 사람들은 모든 부문에서 우리를 앞지르고 있거든. 그대로 놔두면 우리는 곧 멸망하게 되지. 그건 마치 전쟁과도 같은 거야."

"하지만 난 책을 읽을 수가 없는데요. 왜냐하면……."

대통령은 티데만의 말을 곧바로 중단시키더니 진지한 표

정을 지으며 말했다.

"기다림은 게으름과 똑같이 나쁜 거야. 내가 너를 기다려야 했던 것처럼, 이 나라 안에 있는 모든 사람들은 끊임없이 어디에서나 기다리지. 너무나 많은 곳에서 기다린단다. 다시 말해서 붉은 신호등 앞에서나 차가 막혔을 때, 버스 정류소나 기차역에서, 그리고 병원에서나 물건을 사고 계산대 앞에서 다들 기다려야만 하지. 경제학자들이 알아낸 통계에 의하면, 모든 사람이 일 년에 300시간을 기다린다는 거야. 이건 일생 동안으로 놓고 보면 24,000시간이 되고, 동시에

1,000일이 되며 거의 3년이라는 기간이 되는 거지. 이게 다 버려지고 있는 시간이란 말이야. 이젠 좀 덜 기다려야만 해. 그래서 기다리는 것을 금지하는 법령을 만들었지. 기다리는 자나 누구를 기다리게 하는 자는 다 처벌하기로 말이야."

"죄송합니다만, 정말이지 기다리시게 하려고 한 건 아니었어요."

티데만이 겁먹은 목소리로 말했다.

"전 그냥……."

"아주 재미있는 대화를 나누었구나. 방문해 줘서 고맙다. 너를 만나게 되어 정말 반가웠다. 이제 또다시 나랏일을 봐야겠구나."

"잠깐만 기다려 보세요!"

티데만이 소리쳤다.

"중요한 의문점이 있어서요. 대통령이시니까 어쩌면 그 답을 아실 것 같은데요. 전 지금 순간을 찾고 있는데, 어떻게 하면 그걸 찾을 수 있을까요?"

대통령은 이마를 찌푸리며 집게손가락을 들어올렸다. 그의 표정이 어두워졌다.

"순간이라는 건 매우 위험한 거야."

대통령은 나지막하지만 설득력 있는 목소리로 경고하듯 말했다.

"순간이란 기다림이나 게으름보다도 더 위험한 거야. 그것은 빈둥거리는 사람들이나 연인들이나 아이들이나 그리고 건달들이 하는 소일거리에 불과해. 순간을 조심하도록 해라."

말을 마치자 대통령이 몸을 휙 돌리고 가 버리는 바람에, 티데만은 깜짝 놀란 채 혼자 남게 되었다. 티데만은 마치 석고상처럼 굳은 채로 계속 서 있다가 급히 계단을 내려가서 자갈길을 달렸다. 그리고 경비원 옆을 지나 시내로 들어갔다. 몇 개의 길모퉁이를 지나고 나서 더 이상 감시받지 않고 안전하다는 확신이 들었을 때 티데만은 비로소 한숨을 몰아쉬었다.

티데만은 덜컥 겁이 났다. 순간 때문에 그런 것이 아니라 대통령과, 도둑이 경찰관을 무서워하듯 순간에 대해 겁을 내고 있는 모든 사람들 때문이었다. 하지만 대통령은 일부러 그런 것이 아니었으며, 한편으로 중요한 암시를 주었던 것이다. 빈둥거리는 사람들이나, 연인들이나, 아이들이나 그리고 건달들에게 있어서 순간을 찾아내기란 어렵지 않았으니까.

티데만은 한 템포 진단가의 진료실 앞에 대기하고 있었다. 아직 기다림에 대한 금지 조치가 내려지지 않았다는 것이 다행이었다. 오랫동안 기다려야만 했기 때문에 더욱 그랬다. 기다림에 대한 금지 조치가 내려졌다면 높은 형벌에 처해졌을 게 뻔했다.

티데만은 어떻게 하면 덜 기다릴 수 있는지를 배우고 싶었다. 그런 까닭에 기꺼이 기다렸다. 기다리는 동안에, 무엇 때문에 대도시에 사는 사람들이 그렇게 시간이 없는지 알 수 있었다. 하지만 대통령의 위협적인 그 발언은 티데만을 움츠러들게 했다. 감옥에는 정말이지 가고 싶지 않았기에.

티데만이 템포 진단가를 찾아온 건 도로에서부터 티데만의 뒤를 쫓아온 소시지 장수가 알려 주었기 때문이었다.

소시지 장수 역시 템포 진단가에게 비법을 전수받은 적이 있었다. 즉, 소시지 장수는 배고픈 사람을 기다리는 대신, 배고픈 사람의 꽁무니를 따라다니는 것이 훨씬 더 경제적으로 이익이라는 사실을 알게 되었던 것이다. 그때부터 하루 4개씩 소시지가 더 팔렸다.

템포 진단가들은 시간에 관한 한, 대도시에서 권위 있는 대가들이었다. 사람들은 이들을 통해 가급적 덜 기다릴 수 있는 방법을 배워야 했고, 템포 진단가들은 어떻게 하면 보다 더 짧은 시간을 기다릴 수 있는지를 가르쳐 주었다.

한 템포 진단가가 선 채로 티데만을 맞이했다. 그는 보통 모든 사람들을 서서 맞이하며, 자리에 앉도록 권하지 않았다. 이는 방문객들이 오랫동안 대화하는 것을 원치 않았기 때문이었다. 템포 진단가는 시간이 별로 없었다. 언제나 자신의 일과를 짜 맞추느라 바빴던 것이다. 그래서 그는 사람들에게 자신들의 시간을 어떻게 짜야 하는지를 가르쳐 줄 시간이 별로 없었다.

"시간이 빠듯해서 그래."

템포 진단가가 티데만에게 인사하며 말했다.

"일을 하든 하지 않든 간에, 주어진 시간을 가지고 효과적으로 계획을 잘 세워야 해. 시간을 통제해야지 시간에 휘둘려서는 안 된다고! 네게 4가지 중요한 원칙을 알려 주마. 첫 번째 원칙은 계획, 오로지 계획이야."

"계획을 세우면 세울수록, 멋진 일을 하는 데 필요한 시간은 점점 줄어들죠."

티데만이 이의를 제기했다. 템포 진단가는 이에 아랑곳 않고 계속 말을 이었다.

"두 번째 원칙은, 가장 중요한 것이 우선되어야 한다는 거야. 가장 중요한 것은 항상 목표를 달성하기 위한 계획이라고 할 수 있으니까."

"그렇지만 계획만 세우다 보면, 미처 계획 세우지 않은 일들은 그냥 지나치게 되잖아요."

"세 번째 원칙은, 시간을 잘 활용해야 하며 헛되이 보내서는 안 된다는 거야. 그래야만 시간을 아낄 수 있거든."

"시간을 아끼게 되면 더 가치가 있겠죠. 그렇다면 시간을 더욱 아껴야겠어요. 그러면 시간은 훨씬 더 가치 있겠죠. 그럼 보다 더 많은 시간들을 아껴야겠네요. 야, 이건 정말 끝없는 작업이군요."

"네 번째 원칙은 규율, 오직 규율을 필요로 한다는 거야."

"규율이 있으면 나쁜 마음을 먹게 되는 걸요. 만약 내 목표점에 도달하지 않으면 어떻게 되는 거죠?"

티데만은 템포 진단가가 왜 아무도 궁금해하지 않는 문제들에 대해 답변을 해 주고 있는지 알 수 없었다. 정작 진짜 질문들에 대해서는 아무런 대답도 해 주지 않으면서.

"궁금한 게 있어요."

티데만이 말했다.

"무엇 때문에 그렇게 규칙적으로 시간을 계획하고 활용하고 아껴야 하는 거죠?"

템포 진단가는 말이 없었다. 그 때문에 티데만은 그에게 순간에 대해 물으려다 그만두었다. 그 시간도 아끼고 싶었다.

티데만은 작은 집들이 모여 있는 도심으로 나왔다. 대도시의 사람들이 거주하고 있는 곳이었다. 도심 한가운데 눈에 띄게 아름다운 숲이 있었다.

가만히 보니 나무가 서 있는 것이 아니라, 교통 표지판들이 잔뜩 걸려 있었다. 티데만은 그 안으로 들어갔다가 이내 방향을 잃고 말았다. 티데만은 그곳에서 교통 표지판이 즐비한, 미로 속 같은 길을 느릿느릿 걷고 있는 많은 사람들을 만날 수 있었다. 그들은 광고판 앞에 멈춰 서서 거기에 씌어 있는 내용을 꼼꼼히 훑어보고 있었다.

여러 가지 광고판들이 걸려 있었다. 웃고 있는 아이들 모습, 즐거워하는 남자들의 모습, 아름다운 여자들의 모습 그리고 눈에 번쩍 띄는 글자로 온통 도배를 한 물건들의 모습이 담겨 있는 광고판들이었다.

한 남자가 광고판 앞에 서 있는 사람들을 지켜보고 있었다. 그는 티데만을 발견하고 인사를 했다.

"안녕. 난 욕구 진단 에이전시의 대표야. 정보의 공원에 온 것을 환영한다. 찾는 게 있니?"

그러자 티데만이 대답했다.

"전 순간을 찾고 있어요. 여기서 과연 찾을 수 있을까요?"

"순간은 욕구 진단 품목에 없는걸. 파는 물건이 아니라서 말이야. 사람들은 순간을 필요로 하지 않거든. 사람들은 그저 필요하긴 하지만 대부분 그게 뭔지 모르는 것들만 산단다. 정보의 공원에서는 그들의 욕구를 진단하고 있지. 그러지 않으면 그들이 눈 오는 날 가벼운 여행을 할 때, 손잡이를 한번 잡기만 하면 끓여 온 차를 따뜻하게 데워서 마실 수 있게 해 주는 차 주전자를 원하고 있다는 것과, 남자들의 경우 자동으로 넥타이를 매 주는 기계를 원하고 있다는 것을 알 방도가 없겠지.”

“사람들이 그런 걸 원하는지 몰랐는데요…….”

“내 말 들어 봐, 욕구 진단 에이전시가 없다면 앞으로도 이런 것을 알 수 없을 거야. 내가 늘 말하지만, 욕구 진단은 행복으로 가는 첫걸음이야.”

“행복을 느끼게 되면 결코 돌아가려 하지 않겠죠.”

티데만이 에이전시 대표의 말을 받아서 말했다.

“너 참 재능이 뛰어나구나.”

에이전시 대표가 소리쳤다.

“새로운 욕구를 진단하기 위한 문구를 쓸 만한 사람이 필요하던 참이었는데.”

“아저씨가 누군지 말해 주세요. 그러면 아저씨가 아쉬워하는 것에 대해 말해 드릴 테니.”

티데만이 계속해서 말했다.

“와 대단하구나. 연구가들이 새로운 욕구거리를 개발해 냈단다. 사람들이 너무 오래 잠을 자기 때문에 한 알만 먹으면 3시간만 잠을 자게 하는 약을 만들어 낸 거야. 이제 사람들에게 이 새 약이 필요하다고 진단해 줘야만 한단다."

"음……."

티데만은 곰곰이 생각하더니 말했다.

"점점 동트는 시간이 빨라지고 있습니다. 더 빨리 잠자리에 듭시다."

"훌륭해."

에이전시 대표가 소리쳤다.

"그리고 또 하나의 욕구가 금방 개발되었어. 소도시와 시골에 사는 사람들에겐 대도시의 시끄러운 생활이 없거든. 그래서 말인데 지금부터 음악과 모터 소음, 그리고 자동차 경적과 벨 소리와 같은 도시의 소음을 깡통에 넣어 판매하는 거야."

티데만은 과연 시골에 사는 사람들이 깡통 속에 든 도시의 소음을 필요로 할지 의구심이 들었다. 하지만 이내 좋은 생각이 들었다.

"아저씨, 장미꽃의 조용함을 도시에 파는 건 어때요? 그래서 도시의 소음을 한번 가라앉혀 보는 거예요."

"정말 멋지군. 당장 나와 동업하자꾸나. 보수는 얼마를 주면 되겠니?"

"집 한 채와 침대 하나 그리고 먹고 마실 것 조금만 있으면 돼요. 그런데 얼마 동안 일을 도와드려야 하죠?"

"너 정말 뭐가 필요한 건지를 잘 모르고 있구나."

에이전시 대표는 고개를 절레절레 저었다.

"정보의 공원으로 가서 모든 걸 살펴보거라. 만일 별로 필요한 게 없으면, 그리 오랫동안 일할 필요가 없는 거니까. 하지만 난 네가 오랫동안 일을 많이 해 주었으면 한다."

티데만은 길을 가로질러 표지판의 미로 속을 내달렸다. 출구를 찾았을 때, 티데만은 그곳 광고판에 실려 있는 많은 사물들과 알록달록한 색깔들로 인해 정신이 어질어질할 지경이었다.

그저 시골의 조용함을 담은 깡통 한 통만 있으면 좋겠다고 티데만은 생각했다. 그러면서 과연 대도시에서 순간을 찾을 수 있을 것인지 조금씩 의구심이 들기 시작했다. 자신의 많은 경험에 비추어 보건대, 대도시에 사는 사람들 중 그 누구도 순간만큼 아주 무섭다거나 혐오감이 들 정도의 인상을 지니고 있지는 않았었기에.

만일 순간이 대도시에 한 번이라도 존재했었다면 안전한

곳으로 달아났을 것이다. 혹시 아직도 대도시에 머무르고 있기라도 한다면 분명 사람들에게 붙잡혔을 것이다. 결과적으로 티데만이 순간을 찾는다는 건 결코 있을 수 없는 일이었다. 게다가 대도시 사람들은 순간은 물론 다른 그 무엇도 원하지 않았던 것이다. 하지만 그건 그들이 순간을 전혀 인식하지 못했기 때문에 그랬을 것이다.

**다음** 구역에도 역시 대도시 사람들이 거주하고 있었는데, 그곳의 집들은 크고 잘 꾸며져 있었다. 그리고 집들마다 커다란 정원이 딸려 있었는데 햇살 속에 매우 평화로워 보였다. 나무와 꽃들의 냄새가 풍겨 났다.

또한 대도시의 소음 지역과는 멀리 떨어진 곳에 위치하고 있어 그저 나지막한 소리만 감지될 뿐이었다. 여기에 사는 사람들이 깡통 속에 든 도시의 소음을 필요로 할 거라는 생각이 도무지 들지 않을 정도였다.

티데만은 녹색 울타리를 따라 걸었다. 자신의 키보다 더 높았지만 나뭇가지와 잎사귀들 사이로 안을 들여다볼 수 있었다. 티데만은 어떤 소리에 잠시 울타리에 멈춰 섰다. 변화 없이 계속 똑같은 박자로 숫자를 세고 있는 어떤 목소리가 들려왔던 것이다.

"삼백사십칠만 칠천오백, 삼백사십칠만 칠천육백……."

티데만은 문을 발견하고 정원 안으로 들어갔다. 정원 한구석에 와스 칠이 잘된 정자 하나가 서 있었다. 그 안에는 한 남자가 앉아 있었는데 이미 쌓아 올려 놓은 동전더미 옆에 또 다른 동전들을 쌓아 올리고 있었다. 그가 숫자를 세었다.

"삼백사십칠만 칠천구백, 삼백사십칠만 팔천……."

"여보세요, 지금 뭐 하고 계세요?"

티데만이 지켜보고 있다가 물었다.

작은 눈의 남자는 슬픈 표정을 지으며 티데만을 쳐다보았다.

"돈을 세고 있단다."

이윽고 남자가 나지막이 말했다.

"왜 세나요? 아저씨가 가진 돈이 얼마인지 모르세요?"

"아, 그게 아니란다. 그 누구보다도 잘 알 거야. 벌써 예순

네 번이나 세어 보았는걸. 그런데 문제는 어떻게 해야 할지를 모르겠다는 거야. 몇 년 전에 난 복권에 당첨되었어. 그이후로 난 아무 일도 하지 않고 몇 번이고 되풀이해서 돈만세고 있지. 가끔씩 난 시계 앞에 앉아 초를 재고, 분을 재고, 또 시간을 재. 그렇지만 결과는 늘 똑같더군."

복권 당첨자의 얼굴이 더욱 슬퍼 보였다. 티데만은 측은한생각이 들었다.

"처음엔 기분이 좋았어."

복권 당첨자는 비통한 표정을 지으며 말을 이었다.

"내가 원하는 건 모두 할 수 있었지. 하지만 문제가 생겼어. 뭘 하고 싶은지를 모르겠는 거야. 그 전에 미리 생각해본 적이 없었거든. 아직까지도 난 내가 누구인지 모르겠어. 심지어 내 이름을 잊어버릴 때도 많아. 내게 돈은 많지. 하지만 내가 누구인지를 모르겠으니 말이야. 예전에도 마찬가지였어. 지금도 역시 그걸 모른다는 사실만 알고 있을 뿐이란다."

티데만은 복권 당첨자를 지켜보았다. 그는 다시 동전을 집더니 계속해서 숫자를 세었다.

"삼백사십칠만 팔천백, 삼백사십칠만 팔천이백……."

"제발 내게 의식을 줘 봐!"

복권 당첨자가 느닷없이 말을 던졌다.

"의식이 뭔데요?"

티데만이 물었다.

"의식이란, 그건 말이야…… 음 임무이자, 사물이 지니고 있는 의미지. 그리고 내가 하는 일이나 내 목적을 달성하는 일의 가치이자, 음…… 글쎄 정확하게 설명할 수가 없구나. 어쨌든 의식은 살아가는 데 기본이 되는 거야."

"그렇다면 아저씨의 의식을 제가 드릴 수는 없겠군요."

티데만이 대답했다.

"아저씨 스스로 그걸 찾아내야죠. 전 제가 느끼는 의식을 알 것 같군요. 전 순간을 찾고 있어요. 제가 의식을 찾을 수 있도록 도와드릴까요?"

"난 순간을 찾았어. 엄밀히 말하면 순간이 나를 찾아냈지. 난 순간을 원망했어. 내 일생이 온통 순간이거든."

복권 당첨자는 그렇게 말하더니 흐느껴 울었다. 눈물이 그의 뺨 위로 흘러내렸다. 그는 계속해서 고통스럽게 엉엉 울며 몸부림치더니 끝내는 이제껏 쌓아 올린 동전 더미를 와르르 무너뜨려 버렸다.

티데만은 어리둥절했다. 순간으로 가득 찬 인생의 슬픈 모습을 보니 겁이 났다. 여기서 순간 찾는 일을 그만두고 싶어졌다. 대도시, 사람들, 이 모든 것들이 두려워졌다. 틀림없이 이 대도시에서는 순간을 찾지 못할 것만 같았다.

티데만은 자신이 순간을 찾지 못하게 될 거라는 생각에 두려워지자 곧 대도시를 떠나기로 마음먹었다.

기차역으로 가는 길에 티데만은 대도시 주위를 두리번거렸다. 햇살이 따가웠다. 도로 저편 잡초가 무성한 지역에 나무 한 그루가 서 있었는데, 그 옆에는 기울어진 작은 가건물 하나가 세워져 있었다. 티데만은 그늘 아래에서 휴식을 취하기 위해 나무가 있는 곳으로 달려갔다.

"안녕."

나무에서 목소리가 들려왔다.

위를 쳐다보니 젊은 남자가 있는 게 아닌가. 그는 나무줄기에 등을 기대고 다리는 아래로 늘어뜨린 채 커다란 나뭇가지 위에 앉아 있었다.

"안녕하세요."

티데만이 소리쳐 대답했다.

"거기서 뭐 하세요?"

"기다리고 있지. 난 발명가란다."

"뭘 발명하는데요?"

"아직까지는 아무것도 발명하지 못했어. 그래서 나는 오늘도 여기 앉아서 기다리고 있지."

"발명은 안 하고 왜 기다리고 있는 거죠?"

"발명을 위해서 기다리고 있는 거란다. 기다림과 느림은 생산적인 것이야. 느릿느릿 움직이거나 기다리면 창조적이 되지. 이와 반대로 서두르면 일이 되지 않아. 다른 곳으로 우회하는 것도 창조적인 활동이야. 난 누군가를 찾아가면 바로 갈 수 있는 빠른 길로 가지 않고 돌아서 가지. 그러다 보면 전혀 볼 수 없었던 사물들도 접하게 돼. 그때마다 최고로 멋진 생각들이 떠오르곤 한단다. 그러면 그 생각들의 접근 모습을 잘 살펴봐야 해. 만약 그 생각들의 꽁무니를 쫓게 되면 그것들은 한 발짝 앞으로 달아나거든."

"그런데 다른 사람들은 왜 단순히 기다리지 않는 거죠?"

"기다리는 것은 절대로 단순한 일이 아니란다. 기다림은 예술이야. 대부분의 사람들은 예술가가 아니지. 아무도 기다리는 방법에 대해 말해 주지 않아. 많은 사람들은 그걸 배우려하기보다는 피하려고 해. 다들 기다려야 한다면 그저 기다려야 한다고 생각하는 거지. 사실 우리 같은 사람은 기다려도 괜찮아. 기다리는 것이 절대로 나쁜 게 아니거든. 난 아무것도 하지 않고 그저 앉아만 있을 뿐이야. 기다리는 건 선물받은 시간이며, 속도 속에 들어 있는 하나의 섬이야. 하지만 대부분의 사람들은 거친 물결 속의 물고기처럼 차라리 헤엄치고 말지. 뭔가를 얻기 위해 기다려야만 한다는 사실을 잊고 있는 거야. 좋은 기회를 맞이하려면 무조건 기다려야 해."

"그럼 아저씨는 무엇을 기다리고 있나요?"

티데만이 물었다.

"생각을 기다리지."

발명가가 대답했다.

"하나의 생각은 제대로 된 순간에만 오거든. 난 제대로 된 순간을 기다리고 있단다."

"아니, 아저씨는 순간이 무엇인지 알고 있군요."

티데만이 흥분해서 말을 더듬거렸다.

"나는 순간을 찾고 있어요."

"순간은 학술적으로 연구되어 있지. 한순간은 최소 3.7412초, 최대 12.8396초야."

이러한 연구 수치가 티데만에게는 별 도움이 되지 못했다. 그는 실망에 찬 표정으로 발명가를 쳐다보았다. 5.2875초가 걸리든 9.6184초가 걸리든, 그것을 자신이 어떻게 알아낸단 말인가? 그뿐만 아니라 복권 당첨자의 일생은 순간이었고, 정확히 말하면 12.8396초보다는 더 길었는데.

"어쩌면 아저씨는 잘못된 순간을 말하고 있는 거예요."

티데만이 말했다.

"잘못된 순간들이란 없어."

발명가가 반박했다.

"하지만 모든 순간이 다 옳다는 건 아냐. 측량을 해 보니, 정확한 순간은 5개월 11일 8시간 43분 13초라는 결과가 나왔어. 만약 네가 이 수치를 믿고 산출 결과만을 기다리게 된다면 올바른 순간은 오지 않아. 그저 헛되이 기다리기만 할 뿐이란다."

"아저씨는 얼마나 기다렸어요?"

"2일 3시간 8분. 아직 시간이 많이 남아 있어."

"그런데 왜 순간을 찾는 기계는 발명하지 않는 거죠?"

"멋진 생각이야. 하지만 난 유감스럽게도 그걸 발명할 수가 없어."

"왜 못 하는 거죠?"

"그건 네 생각이잖아. 따라서 그건 너의 발명품이 되는 거지. 그게 바로 우리 발명가들의 명예이기도 하고. 그렇지만 난 생각이 다르단다."

발명가가 소리쳤다.

"정말 발명되면 좋을 텐데."

"순간을 대도시에서는 찾을 수 없다 하더라도 다른 어딘가에서 찾을 수 있을 거라는 건 하나의 생각이지, 발명이 아니야. 지금 어느 섬에서 실험 하나가 진행되고 있단다. 거기 사람들은 시계 없이 생활하고 있지. 어쩌면 시계 없이 살아가는 그 사람들에게서 순간을 찾아낼 수 있을지도 몰라."

티데만은 자신은 발명가가 아니었으므로 기계 없이 눈과 귀와 마음과 오성(悟性. 사물에 대하여 논리적으로 이해하고 판단하는 능력:역주)만으로 순간을 계속 찾기로 마음먹었다. 그는 이제 어디로 가야 할지를 알게 되었다. 발명가가 기차역으로 가는 약도를 그려 주었다.

티데만은 막 도착한 기차에 몸을 싣고 한참을 가다가 마지막 교통 수단으로 버스를 이용했다. 기차로는 결코 넓디 넓은 바다를 볼 수 없었기 때문이다. 아니 어쩌면 순간을 찾을 수 없었기 때문이었는지도 모른다. 정말이지 티데만은 이것이 자신에게 주어진 마지막 기회일지도 몰랐기에 커다란 바닷가에서 순간을 찾고 싶었다.

**바닷가** 마을의 제방 위에 서자 티데만은 모처럼 오랫동안 충분히 숨쉴 수 있는 곳에 와 있다는 생각이 들었다. 파도는 환영이라도 하듯 넘실댔다. 커다란 바다는 끝없이 펼쳐진 수평선 부근에서 사라져 버렸다.

바닷가 앞에 섬 하나가 있었다. 저 멀리에 있었지만 분명히 눈으로 섬의 윤곽을 식별할 수 있었다. 커다란 집이며 탑도 없었다. 안심이 되었다. 섬은 바다 위에 평화롭게 떠 있었다.

티데만은 한 어부에게 부탁해 작은 배를 타고 섬으로 향했다. 어부가 의심하는 눈초리로 티데만을 쳐다보았다. 실험이 시행된 이후에 섬을 찾아온 손님으로 티데만이 처음이었던 것이다.

"많은 사람들이 이미 섬을 떠나가 버렸단다."

어부가 말했다.

"왜죠?"

티데만이 물었다.

"그네들에게 참을성이 없어서였지. 시계가 없고, 일이 없고, 자동차와 기계의 소음이 없는 생활, 이러한 것들이 대도시에서 온 그네들에겐 무의미했거든. 그런데 넌 왜 섬으로 들어가려고 하는 거니?"

"순간을 찾고 있거든요."

어부가 웃었다. 드디어 배가 섬의 해안에 닿았다. 어부는 내일 해질 무렵에 다시 데리러 오겠다고 약속했다. 티데만이 배 밖으로 나오자 사람들이 배가 있는 곳으로 몰려왔다. 그러자 어부가 재빨리 그곳을 떠났다.

"지금 몇 시나 됐니?"

티데만 옆에 다가온 첫 번째 사람이 이렇게 물으며 간청하듯 쳐다보았다.

"모르겠어요."

티데만이 대답했다.

"시계가 없거든요."

또 다른 사람들이 그곳으로 와서 티데만 주위를 둘러쌌다. 그리고 처음에는 티데만을 사납게 노려보다가 실망한 듯한 표정을 지으며 땅바닥에 털썩 주저앉았다. 몇몇 사람들은 울기 시작했다.

"이젠 다 틀렸어."

한 여인이 말했다.

"몇 주 동안 우린 시계 없이 살고 있단다. 우리들 중 그 누구도 지금이 몇 시인지를 몰라."

"처음에는 실험을 한다기에 환영했었지."

또 다른 여인이 끼어들며 말했다.

"하지만 지금은 이 세상의 형벌들 중에서 최고로 나쁜 형벌같이 느껴져."

"당신들이 순간을 찾았기를 바랐었는데."

묵묵히 듣고 있던 티데만이 말했다. 사람들은 서로의 얼굴을 쳐다보더니 고개를 절레절레 내저었다.

티데만이 모래 언덕 쪽을 보니 전망대 위에 한 남자가 있었다. 그는 망원경으로 섬을 살펴보고 있었다. 티데만이 다가가자 그는 눈인사를 하며 자신을 소개했다.

"나는 이 실험의 관리자란다. 너도 이 실험에 참가하지 않을래?"

"유감스럽지만 전 순간을 찾고 있거든요."

"실험 참가자들은 순간을 찾지 못할걸. 저 뒤를 한번 봐!"

실험 관리자는 저 멀리 초원을 가리켰다. 그곳에는 한 남자가 두 개의 말뚝을 박아 놓고 그 사이를 왔다갔다 달리고 있었다.

"저 사람은 휴식이라는 걸 받아들이지 못하지."

실험 관리자가 설명했다.

"여기 온 셋째 날부터 줄곧 쉬지 않고 저렇게 말뚝 사이를 왔다갔다 달리고 있단다."

"어쩌면 저 사람에겐 깡통 속에 든 도시의 소음이 필요하겠네요."

티데만이 말했다. 물론 실험 관리자는 티데만의 말을 알아듣지 못했다.

티데만은 섬을 계속 산책했다. 모래 언덕을 지나다가 티데만은 삽으로 땅을 파고 있는 젊은 남자를 만났다.

"물고기를 낚기 위해 지렁이를 찾고 있나요?"

티데만이 물었다.

"아니. 시계를 찾고 있어. 혹시 예전에 누군가가 여기서 시계를 잃어버렸거나 묻어 두지 않았나 싶어서. 지금 몇 시인지 알아야 하거든."

"왜 섬에 있는 사람들은 모두 몇 시인지를 궁금해하는 거죠?"

"섬으로 건너올 무렵에 난 예쁜 아가씨를 알게 되었는데, 오후 8시 정각에 만나기로 약속했었어. 여기에 시계가 없다는 사실을 까맣게 모르고 말이지. 그때부터 난 시계를 찾고 있단다. 만약 지금이 몇 시인지를 알아내지 못하면, 그녀를 다시는 못 만나게 될 거야."

티데만은 계속해서 달려 잠시 후 섬 뒤편에 있는 해안에 다다르게 되었다. 티데만은 거기서 사방을 두리번두리번 살피고 있는 예쁜 아가씨를 만났다.

"뭘 찾고 있나요?"

티데만이 물었다.

"잘생긴 젊은 남자를 찾고 있어."

아가씨가 대답했다.

"섬으로 건너올 무렵 알게 되었는데, 오후 8시 정각에 만나기로 약속했거든. 그런데 우리 둘 다 여기에 시계가 없다는 사실을 몰랐던 거야. 그래서 난 첫날부터 지금까지 그 사람을 찾고 있는 거란다."

해가 질 무렵, 티데만은 붉은 벽돌로 지은 작은 집을 발견했다. 집 앞에는 수척한 남자가 앉아 있었는데, 바구니에 가득 담긴 과일을 보며 군침을 삼키고 있었다.

"왜 먹지 않으시는 거죠?"

티데만이 궁금해서 물어보았다.

"배고파 보이시는데."

"지금이 몇 시인지 몰라서 말야."

수척한 남자가 대답했다.

"보통 난 아침을 7시 반에 먹었단다. 점심은 정각 1시에, 또 저녁은 7시 정각에 먹었지. 그런데 이 섬에 오고부터는 아무것도 먹지 않았어. 잠도 언제 자야 할지 잘 모르겠더구나. 난 규칙적으로 밤 11시에 잠자리에 들었단다. 그리고 오후 1시 반에 한 시간을 더 잤었지."

"그렇게 오랫동안 아무것도 드시지 않았는데 배고프지 않으세요?"

"왜, 굶주린 곰처럼 무척이나 배고프지."

"배가 고프다면서 왜 드시지 않는 거죠?"

"그거 기막힌 생각이구나."

수척한 남자가 소리쳤다. 그리고 티데만을 향해 미소 지었다. 그는 바구니에 손을 집어넣더니 단숨에 모든 과일들을 먹어 치웠다.

그는 감사하다며 티데만에게 자신의 벽돌집에서 하룻밤 자고 가라고 했다. 티데만은 기꺼이 초대에 응했다. 하지만 이렇게 번번이 순간을 찾을 수 없다는 절망감에 티데만은 점차 피곤해졌다. 사람들을 만나면 만날수록 순간을 찾겠다는 용기는 그만큼 줄어들고 있었다.

밤이 되었지만 티데만은 피곤함에도 불구하고 오랫동안 잠이 들지 못했다. 이 섬을 다시 떠날 수 있다는 생각을 하니 마냥 즐거웠다. 물론 섬에 시계가 없어서 그런 것은 아니었다. 시간이 몇 시인지 알고 싶은 마음은 눈곱만큼도 없었으니까.

그를 화나게 만들었던 것은 사람들이었다. 대도시에서 온 사람들이 눈에 띄게 많이 있었다. 하지만 대도시 사람들이 시계 없는 섬에 살고 있는 모습이 여전히 티데만에겐 낯설게만 느껴졌다.

티데만은 자신이 여행을 시작하고 나서 맨 처음 만났던 꼬마와, 온종일 마을 광장의 벤치에 앉아서 이따금씩 아는 사람들이 지나갈 때마다 담소를 나누던 시골 사람을 잠시 떠올렸다. 그러고는 그 사람들이 이 섬에서 생활한다면 과연 무엇을 하며 지낼까 생각해 보았다. 어쩌면 그 사람들은 시골에서와 똑같이 행동하거나, 아무것도 아쉬워하지 않을 것 같았다.

다음날 티데만은 모래 언덕과 작은 숲을 지나, 해안을 따라 나 있는 외진 길을 산책했다. 티데만은 가는 도중에 실험 참가자들을 만났는데, 그럴 때마다 허리를 굽히거나 몸을 숨겼다.

갑자기 숲에서 휘파람 소리가 들려왔다. 티데만은 재빨리 수풀 뒤에 몸을 숨겼다. 해먹에 한 남자가 누워 있었다. 모자로 얼굴을 덮고 기분 좋게 휘파람을 불고 있었다.

티데만은 그가 하는 행동을 지켜보았다. 그는 뭔가 다른 사람과 달랐다. 이리저리 왔다갔다 달리지도 않았고, 시계를 찾기 위해 땅을 파지도 않았다. 배가 고파 보이지도 않았고, 그저 편안하게 휴식을 취하고 있는 것 같았다. 티데만은 수풀 뒤에서 뛰쳐나오면서 소리쳤다.

"안녕하세요, 거기서 뭐 하세요?"

남자는 휘파람 불던 것을 멈추고, 눈을 가리고 있던 모자를 들어올리며 대답했다.

"안녕. 네가 오는 걸 몰랐구나. 여긴 왜 왔니? 난 아무것도 안 해. 난 사람들이 흔히 말하는 게으름뱅이거든."

"그렇다면 열심히 일하면 되잖아요. 난 아무 일도 안 하는 게 오히려 더 고통스러운 일이라는 사람을 하나 알고 있어요."

그러자 게으름뱅이가 웃으며 말했다.

"나한텐 아무것도 안 하고 빈둥거리는 것이 지상 최대의 행복이야. 다른 사람들은 일하기 위해 배우고, 돈을 벌기 위해 열심히 일하지. 또 집을 사기 위해 저축도 하고. 아무것도 안 하는 게 오히려 그네들에겐 어려운 일이야. 지금 나처럼 있는 걸 기분 전환이라고 하면서 다시 일을 할 수 있는 힘을 만들더군."

"그럼 왜 아저씨는 아무것도 하지 않죠?"

"아무것도 하지 않으려고."

티데만은 이 말을 이해할 수 있었다. 이전에 만났던 기구 조종사 봉카도 날기 위해 그냥 난다고 하지 않았던가.

"사람들에겐 내가 필요한 존재야."

게으름뱅이가 계속 말을 이어갔다.

"그네들은 날 손가락질하면서 무능력자, 방랑자 혹은 건달이라고 욕하지. 그들은 날 비난할 수 있기 때문에, 자기네들의 일을 계속해 나갈 수 있다고 아주 우쭐대지. 하지만 수

세기 전에는 상황이 달랐어. 그때만 해도 무위도식(無爲徒食)이 그야말로 최고의 예술로 인정받았고 또한 존중받았지. 오늘날에는 한가한 것을 무슨 범죄 취급한다니까. 어떤 사람들은 서두르고, 또 어떤 사람들은 일하고, 또 다른 사람들은 쉬지 않고 무엇이든 하려고 하지. 그러다 보니 아무것도 안 하는 사람은 곧 양심의 가책을 느끼게 되지."

"아저씨도 양심의 가책을 느끼시나요?"

티데만이 물었다.

그러자 게으름뱅이가 다시 웃으며 말했다.

"절대로 그렇지 않아. 난 느리고 태만하고 게으르고 공상적이야. 그게 체질에 맞으니까. 이러한 생활이 내가 가지고 있는 유일한 시간인걸. 사람들마다 나름대로 즐겨 쓰는 표현 중에 '아, 이럴 수가!' 라는 게 있어. 많은 사람들이 신중하게 생각하지 않고 그냥 이렇게 내뱉지. 그래서 그들은 시간을 소중히 여기는 대신 마구 써 버리지. 그들은 아무것도 할 일이 없으면, 그냥 시간을 낭비해 버리기라도 한 것처럼 이렇게 말들 하지. '아, 이럴 수가!' 만약 우리가 시간을 소중히 여긴다면 그냥 낭비해 버리지는 않을 거야. 바꾸어 말하면, 시간을 마구 낭비해 버리는 사람들은 시간을 소중히 여길 수 없다는 얘기지."

　게으름뱅이가 티데만에게 다시 희망을 불어넣어 주었다.
물론 그 역시 순간에 대한 질문에 답변을 해 주지는 못했다.
순간을 찾기엔 너무나도 게을렀기 때문이었다. 하지만 정작
그가 알지 못했던 건 자신이 이미 오래전에 순간을 찾았다는
사실이었다.

　**해가** 지기도 전에 배가 왔다. 티데만은 누가 자신을 따라
오지나 않을까 노심초사했다. 이제 더 이상 어떤 사람도 보
고 싶지 않았다. 그래서 남의 눈에 띄지 않게 배에 올라타게
되었을 땐 기분이 무척 좋았다.

　항구에 다다르자 땅거미가 지고 있었다. 티데만은 어부에
게 감사의 인사를 하고 제방 위를 달려갔다. 바닷가 마을로
부터 점점 멀어졌다.

　해가 이미 수평선 아래로 가라앉고 난 후에도 밝은 기운은

여전히 남아 있었다. 하지만 바닷가 마을은 더 이상 보이지 않았다.

한 노인이 제방의 볼록 튀어나온 곳에 서서 바다를 바라보고 있었다. 바다는 잿빛과 붉은빛이 섞인 땅거미와 오묘한 조화를 이루고 있었다.

"안녕하세요? 여기서 뭘 하고 계세요?"

티데만이 물었다.

"내가 묻고 싶은 말인데."

노인이 대꾸했다.

"난 내 아버지와 할아버지처럼 제방 협동조합장이야. 네 눈에 보이는 땅은 모두 내 것이란다."

"우와, 굉장히 부자시군요."

"어떻게 보면 그렇다고 할 수 있지. 이 땅은 이곳으로 와서 모든 걸 이해하는 사람들 몫이야. 하지만 나 이외에 아무도 오지 않았단다. 그러니까 이건 내 땅이지. 넌 내가 수년 동안 여기 있으면서 처음으로 만난 사람이야."

"왜 아무도 오지 않았죠? 이렇게 멋있는 곳인데."

"그래, 정말 멋있지. 하지만 그 누구도 이곳을 이해하지 못한단다. 다들 두려움을 갖고 있어서지. 햇살과 비를 피하려

고 집 안에 몸을 감추질 않나, 구름도 보지 않으려 하지. 폭
풍우를 막으려고 집 주위에다 벽을 쌓기도 하고 말이야. 하
지만 여기 제방 위에서는 몸을 숨길 만한 곳이 없단다. 왜들
정면으로 견뎌 내지 못하는 건지."

"왜 사람들은 두려움을 갖고 있는 거죠?"

"모든 걸 통제하고 싶어서 그렇단다."

제방 협동조합장이 대답했다.

"기계를 이용해서는 글쎄, 자기들 스스로만 통제하게 되
지. 기껏해야 시간을 통제할 정도야. 그들에게 있어서 사물
을 측정하는 척도는 시각인데, 다들 그것에 따라 생활하려
고 애쓰지. 그렇지만 그게 제대로 먹힐 리 없지. 사람은 시
계 장치의 부속이 아니거든. 물론 해도, 달도, 바다도 더더욱
아니지. 사람들은 박자를 틀리는 사람이 일을 그르쳐 놓는
다고 믿고 있어. 하지만 자연은 박자가 없잖아. 게다가 스스
로를 통제하려고 하지도 않고 말이지. 그런데 넌 누구냐?"

"티데만이에요. 순간을 찾고 있죠. 그것이 어떻게 생겼는
지 또 어디서 그걸 찾을 수 있는지에 대해 아무도 제게 설명
해 주지 못했어요."

"아주 가까이 접근해 있어. 물론 넌 중요한 걸 간과해 버

렸고. 그러니 내 말 잘 듣거라. 네가 순간을 찾는 한 결코 순간을 찾을 수 없어. 순간을 좇게 되면 순간은 너한테서 달아나 버린단다. 세상에는 무수히 많은 순간들이 있지. 순간이 네 곁으로 오도록 할 때만 순간을 찾을 수 있단다. 만약 순간이 네 곁에 있다면 꽉 붙잡으려 하지 말고 다시 다가오게 만들어야 해. 그래야만 또 다른 순간이 네 곁으로 오게 되지."

말을 마친 제방 협동조합장은 수평선으로 가라앉아 버린 노을의 한 가닥 빛이 드리워진 바다를 바라보았다. 그러더니 제방 아래 물이 들어오는 언저리까지 내려갔다. 티데만도 그의 뒤를 따랐다. 작은 파도가 그들의 발 아래에서 부서졌다.

그때 제방 협동조합장이 말했다.

"바다와 밀물과 썰물은 순간의 형제 자매야. 마찬가지로 해와 달과 웃음과 폭풍우 역시 순간의 형제 자매지. 바다는 언제나 사라졌다가 다시 돌아오곤 하지. 네가 바다를 따라가면 닌 물에 빠져 죽을 거야. 하지만 반대로 기다리기만 하면 결코 실망하지 않을 거야. 바다는 언제나 네 곁으로 다시 돌아오니까."

두 사람은 제방 위에 앉아 얘기를 나누기도 하고, 침묵을 지키기도 하고, 또 웃기도 하면서 나머지 밤의 자락을 흘려

보냈다. 달빛 속에서 바라보니 바닷물이 분명 조금씩 조금씩 빠져나가고 있었다. 아침 먼동이 텄을 때는 완전히 물이 빠진 축축하고 거대한 모래톱이 두 사람 앞에 펼쳐져 있었다.

아침 먼동 속에 티데만은 제방의 키 높은 풀을 헤치고 왔던 길을 되돌아갔다. 바닷물은 전혀 보이지 않았고, 기껏해야 저 멀리에 있음직한 느낌만 들었다.

정말 멋진 순간이었다.

## 티데만을 만나고 나서

나는 인내심을 가지고 티데만의 이야기를 쭉 들었다. 어딘가 모르게 잘 알고 있는 내용처럼 느껴졌다. 그의 이야기는 내가 제방 위 풀밭에 누워 있는 것을 그가 보았던 데서 끝이 났다. 티데만은 내가 길 잃은 게으름뱅이인 줄로 착각하고 풀을 꺾어서 내 코를 간질였던 것이다.

사실 그가 겪었던 일들은 나한테도 친숙한 것들이었다. 그가 여행을 했던 곳에 나도 살았으며, 그가 알고 지냈던 사람들 역시 나도 잘 알고 있었으니까.

그럼에도 불구하고 그의 이야기는 지루하지 않았다. 정말이지 누구나 세상을 자신의 눈으로 보게 되면 새로운 이야기가 된다. 듣는 사람이 금방 그 이야기의 뜻을 이해하지 못했다 하더라도 말이다. 내가 똑같은 걸 경험했다 해도 티데만처럼 이야기할 수는 없었을 것이다.

내가 알고 있는 다른 모든 사람들에게도 똑같이 적용된다. 장소, 사람들 그리고 그들과 시간과의 교류가 나를 더 이상 깜짝 놀라게 만들지 말았으면 좋겠다고 생각하는 점 말이다.

어느새 나는 세상 만사가 별반 다를 것 없을 거라고 치부해 버리는 부류에 속해 있었다.

이런 까닭에 티데만의 이야기를 신문에 공고하고 싶지 않았다. 대부분의 독자들은 이 이야기를 이해하지 못할 게 뻔하다. 그들은 나와 같은 부류의 사람들이니까.

내가 티데만의 이야기를 이해하게 된 것은 그로부터 수일이 지나고 난 후였다. 다시 말해서, 그가 내게 이야기를 들려준 뒤 내가 다시 그의 경험들을 오랫동안 심사숙고한 이후에야 비로소 그의 이야기를 이해하게 되었던 것이다.

하지만 내 신문 독자들은 골똘히 생각하는 데 필요한 많은 시간을 내주지 않는다. 신문은 바로 다음날 다시 나오고, 독자들은 그때까지 그 전의 신문 기사들을 모두 잊어버렸으면 좋겠다고 생각한다.

티데만이 이야기를 다 마쳤을 때 커다란 바닷물이 제방으로 다시 밀려 들어와 있었다. 우리는 풀밭에 나란히 앉아 드넓은 바다를 바라보며 파도가 넘실대며 부딪히는 소리들에 귀기울였다.

그런데 갑자기 티데만이 내가 던진 물음에 대해 대답하지 않았다는 사실이 머리에 떠올랐다. 그로 하여금 여행을 하도록 만들었던 그 순간에 대한 궁금증이 새삼 생겨난 것이다.

호기심이 발동한 내가 물었다.

"그래, 순간이 뭐야? 찾아내긴 한 거야?"

순간에 대한 물음은 내겐 시간에 얽힌 수수께끼처럼 느껴졌다.

"네, 그런 것 같아요."

티데만이 대답했다.

"하지만 순간이란 금새 사라져 버려요. 사람들이 찾으려면 무척 애를 먹겠어요. 아니 어떻게 보면 아주 쉽게 찾을 수도 있고요."

나는 조바심이 나서 물었다.

"대체 어디에 있기에 그렇다는 거야?"

"순간이란 여기를 비롯한 어디에나 있어요. 손으로 움켜 쥘 수는 없어도 늘 우리 앞에 있다고요. 아저씨 앞으로 언제 든지 불러들일 수도 있고요. 아저씨는 순간을 찾을 수 있어 요. 순간 역시 아저씨를 찾고 있으니까요. 그러니까 순간이 란 숨쉬는 생활과 똑같은 거예요. 우리 눈, 귀, 코, 손, 입 그 리고 심장을 통해 경험하는 바로 그 시점을 말하는 거죠."

"아니 그렇게 간단한 거라면 어째서 순간을 찾을 수가 없 는 거지?"

"그건 찾으려고 하지 않기 때문이죠. 순간이란 가장 가치 있는 시간이에요. 사람들은 변함없이 시간을 아끼려고 하 죠. 하지만 순간이라는 시간은 시간을 낭비해야만 가치가 있 어요. 그러지 않으면 순간은 다시 사라져 버린답니다."

나는 시간을 결코 낭비해 본 적이 없었기에 티데만의 말이 굉장히 낯설게 들렸다. 그렇지만 이 순간을 새로운 나의 친구와 함께 마음껏 즐겼다. 물론 아직도 뭔가 석연치 않은 데가 있긴 했지만.

"처음 만났을 때, 난 널 모른다고 했었지."

내가 말했다.

"그 때문에 난 네 말을 아주 귀기울여 들었고. 하지만 도대체 내가 어디서 널 보았는지 아직도 모르겠거든."

"사람들은 자기도 모르는 사이에 달려가 버리거나 많은 순간들을 지니쳐 버리죠. 빨리 달리면 달릴수록 그만큼 더 많이 잊어버리게 되죠. 매 순간 순간이 최고의 친구였던 시절, 아저씨가 아이였을 때 함께 놀았던 그 아이들을 지금 잊어버리고 있는 것과 마찬가지로, 나를 잊어버리신 거예요. 제가 겪은 일들 모두 아저씨도 똑같이 겪으셨을 걸요. 가만히 생각해 보세요."

그 이후로 나는 티데만을 잊지 않게 되었다. 지금도 가능하면 자주 많은 시간을 그와 함께 보내고 있다. 우리는 함께 놀기도 하고 기구를 타기도 하며, 숲을 산책하고 오두막에서 낮잠을 자기도 한다. 또한 마을 광장에 앉아 낯선 사람들과 이야기를 나눈다. 그리고 나무 위에 올라가 좋은 생각을 떠올리기도 하고, 해먹에 누워 꿈을 꾸기도 한다. 혹은 제방 위에 걸터앉아 바닷물이 천천히 빠졌다가 다시 밀려 들어오는 광경을 관찰하기도 한다.

난 이제 자동차를 세차하는 데, 필요도 없는 물건을 사는 데, 지루한 이야기를 늘어놓는 사람들과 잡담하는 데, 꼭 봐야 한다고 말들 하는 물건들을 살펴보는 데 혹은 별 관심도 없는 책을 읽는 데 더 이상 시간을 낭비하지 않게 되었다.

그렇지만 순간을 위해서는 많은 시간을 투자하고 있다. 그래서 내가 순간들을 초대하게 되면, 그들은 나를 절대로 실망시키지 않는다.

오래전, 티데만이 순간 찾는 일을 포기했을 때 사실 그는 순간을 찾았었다. 그것도 하나가 아닌 여러 가지 수많은 순간들을. 그리고 그는 이미 찾았던 순간들을 또다시 찾아냈다. 하지만 여전히 인식하지 못했다.

　나의 경우도 이와 비슷했다. 예전에 난 순간이란 그저 의미 없이 내뱉는 표현법에 불과한 것으로 여겼었다. 이러한 무지로 인해 난 수많은 순간들을 잃어버렸다. 물론 그것들 중 몇 가지는 다시 얻게 되었지만. 그렇다면 이 순간들은 대체 어디서 내게로 되돌아왔단 말인가?

　그건 기억 속에서였다.

　바로 티데만처럼!

## 당신도 아마 티데만이 만난 사람 중 하나일 것이다


티데만은 우리말로 옮기면 '시간의 사나이'로, 한번 흘러가면 다시 돌아오지 않는 세월을 사는 우리의 인생 자체를 의미한다고 할 수 있다.

작가는 책 속에서 영원히 어린아이의 몸집을 하고 있는 난쟁이 티데만처럼 순수한 마음으로 살아야 한다고 권하고 있다. 어린아이들처럼 지금 내가 가진 것, 내 주위에 있는 것에 집중하고 소중히 여겨야 진정으로 행복할 수 있다고!

티데만이 '순간'을 찾아 헤매면서 만나는 사람들은 생각할 틈 없이, 쉴 틈 없이 시간과 계획에 쫓겨 쳇바퀴 돌듯 바쁘게 살아가는 우리들의 모습 그대로이다.

티데만이 그들에게 가진 의문들은 참으로 단순하고도 날카로웠다.

또한 티데만의 답들은 참으로 간단하고도 명쾌했다.

마음은 의문을 가지고 있었지만, 여유가 없어서 생각지 못했던 삶에 대한 문제를 티데만이 건드리고 위로해 주고 답을 해 주었다.

누구나 쉽고 가볍게 읽을 수 있는 내용이지만, 그 안에 담긴 것들은 '생각할 틈이 있고, 쉴 틈이 있어야'만 얻을 수 있는 것들이다.


2002년 12월 송재홍